I0639624

BOSS OSSESSIVO

FRATELLI BRATVA – VOLUME QUARTO

WILLOW FOX

SLOWBURN
PUBLISHING

Boss Ossessivo

Fratelli Bratva – Volume Quarto

Willow Fox

Pubblicato da Slow Burn Publishing

© 2022

V2

Tradotto da davide_angelino

Corretto da francesca_da_re

Cover Design by MiblArt

Tutti i diritti riservati.

Questo libro, in ogni sua parte, non può essere riprodotto o diffuso in qualsiasi forma e tramite qualsiasi mezzo, sia esso elettronico o meccanico, incluse fotocopie, registrazioni ed ogni altro mezzo di archiviazione o recupero, senza il consenso dell'editore.

UNO

SAVANNAH

Sono di nuovo una novellina, solo che questa è la mia prima volta è sotto copertura. E non è un lavoretto da poco. L'agente speciale Barrett Kingston mi sta facendo addentrare nelle profondità della malavita, facendomi infiltrare direttamente nella Bratva.

E come se questo non fosse già abbastanza complicato, devo anche assicurarmi di stare alla larga da Madisyn Carter, ex agente FBI nonché mia ex collega.

Sono un fascio di nervi tesi dall'ansia, il tutto stretto in un piccolo fiocco ordinato e con un timido sorriso. Ingoio l'ansia e la seppellisco il più profondo possibile, perché non posso sbagliare.

I vertici dell'FBI ci hanno chiesto di fornire prove contro Mikhail Barinov e la sua organizzazione criminale. Non è un compito facile, ma non dovrò affrontare direttamente il Pakhan. Mi concentro su uno degli uomini che gestiscono il club. Il mio obiettivo è Anton Petrova.

Mi avvicino al Club Sage con una gonna corta nera e un top rosso acceso coordinato al mio rossetto. Non è il mio abbigliamento abituale, ma sono vestita per recitare la parte e per il colloquio con Anton.

Aprendo la pesante porta, mi accorgo che l'interno del locale è molto più buio dell'esterno e mi ci vuole un attimo perché i miei occhi si adattino all'intenso cambiamento.

«Posso aiutarla?» mi chiede un uomo con un forte accento russo. Mi guarda dall'alto al basso. Non è Anton. Ho visto la sua foto abbastanza volte e ho memorizzato alla perfezione il mio obbiettivo; quindi, quest'uomo è solo un altro membro della

Bratva. L'uomo alla porta non è altro che una guardia del corpo d'onore.

«Ho un colloquio» dico.

Il locale profuma di vernice fresca e di legno. Gli interni sono lucidi e il palco sembra nuovo. A prima vista, il locale sembrerebbe essere stato appena aperto, ma l'esterno dell'edificio mostra la sua età. Deve essere successo qualcosa di grande per richiedere una ristrutturazione così ampia.

L'FBI e i giornali non ne hanno parlato. Nessun servizio al telegiornale che indichi una tale ristrutturazione o il suo motivo.

«Aspetta qui» dice l'uomo. Si allontana dal corridoio e sparisce dalla mia vista. Un minuto dopo ritorna. Non c'è il minimo briciolo di cordialità o di calore nel suo tono. «Seguimi.»

Lo accontento e lo accompagno attraverso il lungo e buio corridoio e poi intorno al bar fino sul retro. C'è un piccolo ufficio senza finestre e con una sola porta.

«Salve, sono Savannah» dico presentandomi e porgendogli il mio curriculum.

«Grazie, Dmitri.» Il russo che mi ha accompagnato in ufficio chiude la porta alle mie spalle uscendo dalla stanza. «Sono Anton.» Lascia cadere il curriculum sulla scrivania, disinteressandosi del foglio e delle informazioni che contiene.

Stringo le labbra. Non mi ha fatto nessun cenno né mi ha detto di sedermi, così mi metto in piedi di fronte alla sua scrivania, con le mani giunte davanti a me.

«Balli?» Anton mi guarda, il suo sguardo scruta ogni centimetro della mia pelle vestita.

«Mi ci sono dilettata, diciamo» rispondo. Prima di questa operazione, l'agente Kingston ha insistito perché frequentassi un corso di pole dance e mi allenassi con un istruttore. Non sono stati i miei momenti migliori, ma sono migliorata parecchio rispetto a quando ho iniziato. Abbastanza da poter definire di essere in grado di ballare. Non sto mica mentendo sul fatto che ho anni di esperienza.

«Devo vedere cosa sai fare. Balla!» Anton mi fa un gesto e indica il piccolo spazio della stanza. Non vuole una lap dance. Vuole che gli mostri cosa so fare da sola.

Il mio battito accelera e appoggio la borsa sulla sedia vicina. Mi giro dando le spalle ad Anton e ondeggio i fianchi, lasciandogli fissare il mio sedere mentre libero il primo bottone della mia camicetta rossa.

Mi giro verso di lui, la mia maglietta lascia intravedere il mio reggiseno push-up, ma ancora non lo mostro del tutto. Sul palco indosserò molto meno, e lui non mi ha chiesto di spogliarmi. Tuttavia, probabilmente ci si aspetta che lo faccia durante il colloquio, quindi tanto vale farglielo vedere.

Quell'uomo non è affatto male. Ok, a essere sincera, Anton è anche sexy. I suoi occhi castano scuro scorrono lungo mio corpo. I suoi capelli sono folti e scuri. Oserei dire che mi piacerebbe passarci le dita in mezzo, ma mi trattengo.

Indossa un abito abbottonato, senza alcuna indicazione di cosa ci sia sotto il vestito. Vorrei spogliarlo, aprirgli la camicia di cotone bianco e afferrarlo per la cravatta, trascinandolo verso di me e mettendolo in ginocchio.

Dubito che si lascerebbe dominare da me.

È il tipo di uomo che trasuda potere e che si diverte ad avere il controllo. Solo immaginare come sarebbe andare a letto con lui mi fa bruciare le guance e mi aiuta a entrare nel mio ruolo di ballerina del suo club.

Sfrutto il piccolo spazio e lo domino come se fosse il mio posto, perché non deve assolutamente andarmi male se voglio farmi strada fino al suo ufficio.

La scrivania di legno si trova tra di noi e la uso come oggetto di scena mentre ballo. Non mi preoccupo di chiedere il permesso prima di salirci sopra, i miei tacchi a spillo mi permettono di salire sul legno. Per fortuna, i soffitti della stanza sono alti.

Anton mi fissa e si appoggia allo schienale della sua sedia di pelle con un sorriso compiaciuto. Sono sicura che riesca a guardare sotto la mia gonna e vedere il perizoma che indosso. Mi aspettavo che mi chiedesse di ballare come parte del colloquio e volevo essere preparata.

Devo ottenere questo lavoro. Se non me lo dovesse dare, non posso certo tornare all'FBI con il broncio, avendo fallito l'aspetto più elementare del lavoro sotto copertura, ovvero entrare in contatto con i cattivi.

Ondeggio i fianchi e le mani mi scivolano sul corpo, slacciando gli altri bottoni della camicetta. Do le spalle ad Anton e faccio scivolare lentamente la camicia sempre più giù. Le mie mosse migliori sono stuzzicanti e seducenti. Non c'è un palo in questo ufficio. Devo usare quello che ho.

Faccio scorrere le dita tra i miei lunghi capelli biondi e lascio che la mia mano scorra sul reggiseno mentre faccio cadere a terra la camicia rossa. Non indosserò camicia e camicetta quando ballerò per il club. Indosserò solo un perizoma e un bikini.

La gonna nera mi avvolge la vita, mentre ballo slaccio il fermaglio che tiene insieme il tutto prima di lasciarlo scivolare a terra.

Anton si sposta sulla sedia e si morde il labbro inferiore. Le punte delle sue orecchie sono rosso vivo. Si eccita sempre per il divertimento? O sono io ad avere questo effetto su di lui?

La porta dell'ufficio si apre di colpo, senza nemmeno che qualcuno abbia bussato prima. Devo continuare? Come se ci fosse della musica, continuo a ondeggiare e a ballare.

Anton si schiarisce la voce e mi fa cenno di scendere. «Ho visto abbastanza.»

«Chiacchiererò con te dopo che avrai finito» dice il signore che ha fatto irruzione nell'ufficio.

Lo riconosco dal background che sono stata costretto a memorizzare. È Nikita Krylova, uno degli uomini di Mikhail e manager del locale.

Esce dal piccolo ufficio e chiude la porta mentre io scendo dalla scrivania e recupero i miei vestiti dal pavimento. Sono ancora in mutandine e reggiseno scarlatto abbinato.

«La paga è una merda. Le altre ragazze hanno la priorità sulla piattaforma principale. Dovrai guadagnarti il posto sul palco» dice Anton. «Il club prende il cinquanta per cento. Devi indossare gli abiti che ti forniamo e non devi importunare gli avventori o dare fastidio ai dipendenti. Inoltre, non si accettano clienti privati dopo l'orario di lavoro. Sei ancora interessata?»

«Quando inizio?» chiedo.

DUE

ANTON

Ho passato tutta la mattina nel mio ufficio a fare colloqui e si è presentata solo una ragazza, una bionda sexy con gli occhi azzurri più brillanti che avessi mai visto, Savannah Parker.

L'avrei assunta all'istante, basandomi unicamente sul suo aspetto e su quel bel connubio di tette e culo che aveva.

Ma ho pensato che avrei potuto farla ballare e sono felice di averlo fatto. È stato un bello spettacolo, ed era solo per me.

Finché il mio capo, Nikita, ha deciso di irrompere senza bussare. Non poteva far finta di fregarsene almeno un po'? L'ultima cosa che voglio è che la nuova ragazza pensi che io sia inferiore a Nikita, anche se lui è un mio superiore. Quell'uomo gestisce il club, ma non ne è il proprietario. Mikhail, il capo della Bratva, è il proprietario dell'attività. Ma è troppo impegnato in altre faccende per gestire tutte le imprese in cui è coinvolto, il che va bene per me. Io ricevo una parte dei proventi del club, mentre Mikhail può riciclare il denaro. È un vantaggio per tutti.

Mi allento la cravatta e mi alzo. Savannah è già uscita dall'ufficio. Ha l'ordine di tornare quando apriremo questa sera. Fino ad allora non ha bisogno di rimanere nei paraggi. Non ho bisogno che scopra che cosa facciamo realmente qui.

Apro la porta dell'ufficio e salgo le scale verso l'ufficio privato di Nikita. Ha un grande ufficio con una vista eccezionale che si affaccia sulla pista da ballo con il vetro unidirezionale. Anche dopo la ristrutturazione ha mantenuto la stessa pianta e la stessa disposizione. Il suo ufficio è tre volte più grande del mio. Anche se, a mia discolpa, passo molto più tempo in pista con le signore e gli avventori.

Qualcuno deve assicurarsi che il locale funzioni senza intoppi e, sebbene Nikita sia il manager, io mi mescolo ai clienti, aiuto quando il locale è affollato con le ordinazioni dei drink e faccio andare avanti il club senza intoppi.

Dovrei essere io a gestire il locale, ma non provo alcun rancore per Nikita. Siamo fratelli.

A differenza di Nikita, che irrompe nel mio ufficio, io busso prima di entrare.

«È aperto» dice Nikita.

Entro nel suo ufficio e chiudo la porta dietro di me.

Alza lo sguardo da dietro la scrivania, è con la penna in mano, ma smette di scrivere. «È carina la ragazza che avevi qui prima. L'hai assunta tu?» mi chiede Nikita.

«L'ho assunta io» rispondo e faccio un sorriso.

«È una bella ballerina. È così che fai i colloqui a tutti i tuoi dipendenti? Perché mi piacerebbe partecipare alle interviste, allora.»

«Stai zitto.»

Nikita alza le spalle, per nulla offeso. «Stasera stacco presto. Immagino che tu possa chiudere per me.»

Non me lo chiede.

«Conta su di me» dico. Non dovrei chiederlo, ma non riesco a trattenermi dal voler sapere se sia per via della sua nuova fiamma. «Hai dei programmi con Lucy?»

È sposato e, sebbene non mi sembri un uomo di famiglia, il matrimonio è stato fatto inizialmente per proteggere Lucy e suo figlio. Ma credo che abbia sempre nutrito dei sentimenti per lei, anche quando la odiava. Inoltre, quell'uomo riesce a malapena a tenerle lontano gli artigli.

«No, va a fare shopping con Hannah.»

«Meglio tenerla al guinzaglio» scherzo.

«Non sono preoccupato. Hannah sta facendo shopping per un abito da sposa.» Nikita mi mostra la sua fede nuziale. «Per come la vedo io, me la sono cavata con poco.»

«Attento, fratello. Sposarla in tribunale potrebbe ritorcersi contro di te. Se ti sente parlare così, ti chiederà di rifare il matrimonio in un posto esotico e costoso.»

Anche se io e Nikita non siamo fratelli di sangue, siamo entrambi membri della Bratva. Potremmo anche essere consanguinei perché i nostri legami sono altrettanto forti.

«Non metterle in testa nessuna idea» avverte.

«Non me lo sognerei mai.»

Nikita rigira alcune pagine sulla sua scrivania. Alza di nuovo lo sguardo su di me. «Hai fatto un controllo sulla nuova assunta?»

«Non l'ho fatto.» Trasalisco quando mi rendo conto che avrei dovuto verificare le sue qualifiche prima di offrirle il lavoro. «È un problema? Ci mancavano due ballerine.» Non ne mancano molte perché Nikita le ha pagate durante i lavori di ristrutturazione per assicurarsi che alla riapertura del locale fossero pronte a lavorare.

Nikita guarda l'orologio, come se questo indicasse quanto tempo ci vorrà per il controllo dei precedenti.

Giorni.

Non abbiamo giorni.

Sono a un paio d'ore e non ho più colloqui per il pomeriggio. Inoltre, anche se avessi una mezza dozzina di ragazze in fila per il lavoro, non sarei in grado di fare un controllo su di loro.

«Assicurati solo che le sue referenze siano verificate. Si è spogliata in un altro locale?» chiede Nikita.

«Forse dovrei dare un'occhiata al suo curriculum» dico, ammettendo di non avergli dato nemmeno una scorsa superficiale durante il colloquio. Ero troppo presa dalla bionda sexy.

Mi schiarisco la gola. Di solito non sono così poco professionale quando assumo delle ballerine. In genere, ho più tempo tra il colloquio e l'assunzione.

«Ma non mi dire!» Nikita è più che nervoso. «Inizia il processo di controllo dei precedenti, ma intanto la lasceremo iniziare a lavorare stasera.»

———

Non dovrei essere così entusiasta quando Savannah entra nel club. È qui per lavorare, ma il mio battito cardiaco accelera.

I suoi occhi si incrociano con i miei e mi fa un timido sorriso. Non mi lascio ingannare dalla sua immagine innocente. Ha ballato sulla mia scrivania. La ragazza non è affatto timida.

Attraversando il corridoio, la saluto per il suo primo giorno. «Sei pronta?» le chiedo mentre mi segue nello spogliatoio femminile.

«Spero di sì» dice Savannah con una risata nervosa. La sua voce freme e ho l'impressione che non sia abituata a ballare davanti agli uomini, ma deduco che le piaccia l'attenzione. La maggior parte delle ragazze lo fa, e quelle che non lo fanno se ne vanno.

Su uno scaffale di metallo ci sono decine di abiti che le ragazze possono indossare. «Tutto ciò che è su questo scaffale può essere preso in prestito. Se volete portare i vostri vestiti, dovete avere l'autorizzazione della direzione per ogni nuovo abito. I capelli, il trucco e le unghie devono essere sistemati prima di vestirsi. Sulla parete di fondo ci sono i tacchi che potete prendere in prestito. Anche in questo caso, qualsiasi cosa vogliate portare deve essere autorizzata da Nikita o da me.»

«Niente stivali» dice un'altra ragazza mentre si siede davanti allo specchio e si applica l'eyeliner liquido. «E scegli il tuo guardaroba per ultima.»

«Bailey, dai un caloroso benvenuto» le mormoro.

«Ho più anzianità» dice Bailey.

«E tu ti porti il novanta per cento dei tuoi vestiti. Non capisco perché senti il bisogno di tormentare la nuova arrivata.»

«Non sono una ragazzina» ribatte Savannah. «so badare a me stessa.»

Sono sorpreso dall'audacia della nuova ragazza. «Va bene, come vuoi.» Chiudo la porta, lasciando le ragazze da sole prima dell'inizio dello spettacolo.

Devo mantenere le distanze.

Savannah è off-limits. È una ballerina e io sono il manager. Questa cosa tra noi, la scintilla, deve essere spenta prima ancora di nascere.

Mi schiarisco la gola, mi allontano dal camerino delle ragazze e urto Nikita.

«Hai fretta» grugnisce lui, lanciandomi un'occhiataccia. I suoi occhi si stringono e mi afferra il braccio, trascinandomi in uno dei magazzini sul retro dove teniamo i nostri alcolici.

«Cosa?»

Non so perché abbia trovato necessario trascinarmi via dalla pista. Non ho ancora fatto nulla di male.

«Ho visto quello sguardo» dice Nikita. «L'ho avuto per settimane mentre avevo a che fare con Lucy.»

Mi schiarisco la gola. «Prima o dopo averla sposata?» Sinceramente non so di quale sguardo stia parlando, ma cerco di allontanare la conversazione dalla nuova assunta.

«Prima, quando mi faceva arrabbiare così tanto, tutto quello che volevo era piegarla e fare tutto quello che volevo con lei.»

Scelgo le parole con attenzione. «Sì, ho visto come la guardavi.» Solo un cieco non avrebbe notato gli sguardi accesi che si scambiavano, anche quando giuravano di odiarsi.

«Fidati se ti dico che guardi la nuova ragazza allo stesso modo.»

«È solo una ballerina. Mi rivolgo a tutte le mie ballerine allo stesso modo. Non è niente di speciale.»

Devo quasi soffocare le parole perché non ci credo nemmeno io.

Savannah non dovrebbe essere speciale, è solo un'altra ragazza che abbiamo assunto per intrattenere gli ospiti.

Ma c'è qualcosa in lei che non riesco a dimenticare, forse il fatto che vorrei un ballo privato o due oltre che una sessione da solo con lei in una suite.

«Stasera usciamo a bere qualcosa. Sfogati, qualunque cosa sia, perché devi concentrarti sul lavoro. E poi domani torna a essere quel mulo scontroso che sei normalmente.»

«Devo coprire il locale stasera. Ti offri di fare il mio turno?»

«No, ma devi trovarti un bel culo e dimenticare la nuova ragazza.»

Sbuffo sottovoce. In quale tempo libero? La fa sembrare facile, per me rimorchiare non è difficile, ma non voglio che le mie avventure di una notte avvengano dove lavoro. Preferisco tenere la mia vita privata separata dal lavoro. «Lo farò subito, capo.»

Mi dirigo verso il mio ufficio e rompo il sigillo della vodka, versandomi un drink.

Cosa ne sa Nikita?

Savannah è solo una ragazza come tante, una ballerina. Non è niente per me. Certo, è bellissima, con quei lunghi capelli biondi e quegli occhi azzurri, ma io punto tutto sulla personalità, non sull'aspetto.

Bevo un altro bicchierino di vodka, cercando di convincermi di non provare nulla per lei.

Nikita mi ha letto nel cuore.

Esco dal mio ufficio e vado al piano terra. Alcuni clienti sono seduti, sorseggiano i loro drink e guardano la Bailey sul palco.

Savannah non è ancora uscita dal camerino, ma ha ancora dieci minuti prima di essere in ritardo.

Mi aggiro per il piano principale, tenendo d'occhio gli ospiti. Dopo l'incidente con gli italiani di un paio di mesi fa, abbiamo aumentato le misure di sicurezza. Otello e alcuni dei suoi soci erano entrati ad armi spianate.

Colpi di pistola esplodono da tutte le parti. Uomini in giacca e cravatta coprono l'ingresso e l'uscita. Non si preoccupano di indossare maschere. Vogliono che si sappia chi sono e che venga consegnato un messaggio.

«Dov'è Nikita?» chiede Otello con il suo spiccato accento italiano. L'uomo puzza di vodka, come se ci facesse il bagno o la usasse come colonia.

Mi spinge una pistola sotto il mento mentre due uomini riempiono il locale di proiettili. «Di sopra» dico. Non indietreggio e non mi rannicchio. Vorrei avvertire Nikita e la sua nuova fiamma che stanno arrivando guai, ma non c'è tempo.

«È meglio che tu corra a casa ad avvertire la famiglia che la nostra battaglia non è finita» dice Otello. Abbassa la pistola, ma non mi spara. Ne ha l'opportunità. Potrebbero uccidere le ballerine o gli avventori, ma li hanno lasciati fuggire dall'uscita laterale, come se volessero che uscissero da quella porta mentre loro fanno la guardia, riempiendo di proiettili le pareti e i tavoli, il bar e il palco. Le schegge volano in ogni direzione e mi tagliano il braccio.

Ascolto l'avvertimento di Otello. Esco finché posso, affannato e con il cuore che batte a mille. Gli italiani non sono noti per la loro gentilezza o per lasciare vivere gli uomini, specialmente i loro nemici.

Il parcheggio è pieno di urla e di paura. Il panico infuria, mentre le persone saltano nei loro veicoli e suonano i clacson, cercando di tagliarsi la strada a vicenda. Tutti vogliono scappare il più velocemente possibile.

Afferro le chiavi dalla tasca. Il telefono è nel mio ufficio. Non ho intenzione di tornare a prenderlo. Salto in macchina, accendo il motore ed esco dal parcheggio. Mi dirigo subito verso il complesso. Devo vedere Mikhail, il Pakhan, e dirgli cosa diavolo sta succedendo al club. Vorranno mandare dei rinforzi, sempre che non sia troppo tardi.

L'edificio profuma ancora di vernice fresca. I pavimenti in legno sono stati rifiniti e l'interno è stato riprogettato e rimodellato. Ma le mie narici sentono ancora l'odore della polvere da sparo di quella notte e un brivido mi corre lungo la schiena, anche se stasera non c'è alcun pericolo imminente.

Le guardie aggiuntive a tutte le entrate e uscite mantengono l'edificio sicuro. Abbiamo un nuovo sistema di sorveglianza che registra tutto sul posto e ne invia una copia al cloud per l'archiviazione. Dietro il bar c'è un allarme silenzioso che avvisa il complesso e gli uomini di Mikhail se succede qualcosa.

La prossima volta saremo preparati. Ma spero che non ci sia una prossima volta, che la guerra tra italiani e russi sia finita per sempre.

Savannah esce dal camerino con un paio di décolleté argentate stringate. Brillano e si abbinano al vestitino sexy che indossa.

È uno dei nostri abiti? Non ricordo che un'altra ragazza l'abbia mai indossato prima, almeno non così bene come Savannah. Quella ragazza è una fottuta dea.

I suoi capelli sono legati all'indietro e non mi guarda mentre cammina verso il pavimento e sale sulla pedana più piccola. Bailey, o una delle altre ragazze, deve averle detto dove posizionarsi sul palco.

Non siamo solo uno strip club. Se lo fossimo sarebbe contro la legge. Esiste la regola del 60/40, secondo la quale ogni attività per adulti deve dedicare non più del 40% della sua superficie all'intrattenimento per adulti. Noi facciamo uno strappo alla regola. Lusingare gli uomini giusti li aiuta a chiudere un occhio. Mikhail aveva proposto di apportare delle modifiche durante i lavori di ristrutturazione, ma si è deciso di mantenere la stessa disposizione. Agli ospiti piace sentirsi a casa e abbiamo una clientela abituale che sceglie il nostro locale piuttosto che altri.

I suoi tacchi ticchettano sulle assi di legno del pavimento e, anche con la musica pulsante e i bassi che risuonano, giuro che riesco a sentire il battito delle sue scarpe sul pavimento. Sale sul piccolo palco e inizia la sua danza.

Voglio guardare, ipnotizzato da tutto ciò che la riguarda. La fisso un po' troppo a lungo e lei mi lancia un'occhiata, sorridendo timidamente. È una volpe. Non è possibile che sia timida o alle prime armi con la danza. La donna è padrona del palcoscenico per come ondeggia i fianchi e si aggrappa al palo. Sta mettendo in ombra le solite ragazze, che sono abituate a ricevere costantemente l'attenzione degli avventori.

La odieranno. Non sta giocando pulito e non sta condividendo l'attenzione. Anche se non è colpa sua se è nuova, agli uomini piace la carne fresca. E anche se stiamo riaprendo ora, lei è ancora nuova sulla pista da ballo. I nostri clienti tendono a essere abituali e, anche se prima della nostra riapertura avranno frequentato altri locali, basta uno sguardo a

Savannah e posso scommettere che sembrano esserne presi quanto me.

Mi dirigo nella direzione opposta, verso il mio ufficio. Sento di aver bisogno di una doccia fredda e di un drink forte per distrarmi.

Per quasi tutta la notte rimango nel mio ufficio. Dovrei essere dentro al locale ad accogliere gli ospiti e ad assicurarmi che tutti siano felici. Ma non ho sentito lamentele e sono sicuro che qualcuno che lavora lì mi troverà, se è necessario.

«Entra» dico. Se fosse stato Nikita, sarebbe entrato senza pensarci due volte.

Savannah è in piedi davanti alla porta. Non indossa più il suo vestito di paillettes argentate, il che mi rende più facile guardarla senza che la mia mandibola tocchi il pavimento. «Cosa posso fare per te?» chiedo, posando la penna sulla scrivania.

«Sono nuova della zona» dice Savannah. «Speravo che potesse consigliarmi un posto dove mangiare un boccone così tardi.»

«A quest'ora?»

Guardo l'orologio e mi alzo. «Qualcuna delle altre ragazze ti accompagna?» Non mi piace l'idea che si aggiri per le strade di New York dopo le due di notte.

«Ne dubito» dice e si guarda i piedi.

In piedi, prendo il mio cappotto dallo schienale della sedia e lo faccio scivolare sulle spalle. «Vengo con te» dico.

«Non devi farlo...»

«Non sono obbligato, ma lo farò» replico. Spengo le luci dell'ufficio e chiudo la porta a chiave. La mia mano si posa sulla sua schiena mentre la accompagno lungo il corridoio verso l'uscita sul retro.

Il locale è chiuso per la notte. Le ragazze si stanno dirigendo verso le loro auto. Dmitri è l'ultimo ad andarsene, con l'ordine di chiudere il locale dopo che io sarò uscito.

«Sei venuta in macchina?» chiedo mentre ci dirigiamo verso il parcheggio. Prendo nota solo del veicolo di Dmitri e del mio. Gli altri posti sono vuoti. Le ragazze sono appena uscite all'unisono. Dovrebbe essere Savannah a cercare di fare amicizia con loro, non il capo.

«Non ho la macchina» dice Savannah.

«Come ti muovi in città?»

«Con la metropolitana, come tutti gli altri.»

Indica la direzione della stazione.

«Sono quattordici isolati. Non andrai a piedi alla metropolitana.» È fortunata che il treno funzioni tutta la notte, il vantaggio di essere newyorkese. La città non dorme. Schiaccio il pulsante per sbloccare le portiere del mio SUV.

«Sali.»

Lei sospira e cede, salendo sul sedile anteriore del passeggero. «Grazie. Puoi lasciarmi alla stazione.»

«Pensavo avessi fame.»

«Beh, è vero» balbetta lei, tirando la cintura di sicurezza bassa e stretta sulle ginocchia, «ma non voglio farti perdere tempo.»

«Avrei bisogno anch'io di mangiare un boccone» dico. Non importa a nessuno se arrivo al complesso di mattina presto. Sono abituato a fare le ore piccole.

Esco dal parcheggio. Il traffico è leggero e a quest'ora non c'è quasi nessuno per strada, il che rende facile attraversare la città fino a uno dei migliori caffè aperti 24 ore su 24.

«Da quanto tempo gestisci il locale?» mi chiede Savannah.

«Praticamente da sempre» rispondo. Non entro nei dettagli con lei. Non sono affari suoi quando ho iniziato a dare una mano al club; tecnicamente, Nikita è il manager. Io sono al di sotto di lui, ma mi occupo delle ballerine e di tutte le nuove assunzioni.

«E tu? Cosa facevi prima di ballare?» mi informo. Trasalisco, rendendomi conto di non aver letto il suo curriculum. Ma cosa potrebbe dirmi un pezzo di carta che non potrei ottenere dalla diretta intervistata?

«Ho frequentato il college, contabilità» dice Savannah. Fissa la strada prima di lanciare un breve sguardo nella mia direzione.

«Ti sei laureata?» Non riesco a pensare che l'abbia fatto e che abbia deciso di fare domanda come ballerina, a meno che non sia indebitata e non voglia fare un sacco di soldi in fretta.

«Al primo anno sono stata bocciata perché partecipavo a un po' troppe feste» ridacchia

Savannah, abbassando lo sguardo. La mano sinistra gioca con i capelli, arricciando una ciocca intorno al dito. È un'abitudine nervosa?

«Scommetto che i tuoi genitori non ne erano molto contenti.»

«Non erano contenti e mi hanno tagliato i fondi. Mi dissero di trovarmi un lavoro e di mantenermi da sola. Ed è quello che ho fatto.» Fa un sorriso imbarazzato e lancia un'occhiata nella mia direzione.

Capisco che c'è dell'altro nella storia che non sta condividendo, ma non insisto. Non sono affari miei, purché non si metta nei guai.

«Da quanto tempo hai lasciato l'università?» chiedo, schiarendomi la gola. La ragazza ha più di ventuno anni. Avevo fatto una copia della sua patente di guida con i documenti per la nuova assunzione, ma non riesco a ricordare la sua data di nascita. Ho sfogliato le informazioni giusto al momento.

«Un bel po' di anni» dice Savannah. «Mi sono dilettata con vari lavori, ma non ho trovato il mio punto fermo. Si può dire che sono un po' uno spirito libero. Ed è questo che mi ha portato alla danza.»

«Uno spirito libero che voleva laurearsi in contabilità?»

Ridacchia e guarda il suo grembo. Mi fermo nel parcheggio del bar e spengo il motore. «Non ho mai detto che la laurea in contabilità sia stata una mia idea. Ma ho un talento per i numeri.»

«Lasciami indovinare. Sei un po' ribelle e sono stati i tuoi genitori a volerti far studiare contabilità?»

«Mio padre» dice Savannah e storce il naso. «Basta parlare di lui.» Apre la portiera del veicolo e io faccio lo stesso, scendendo.

L'aria del mattino è fresca e pulita. La luna è quasi piena e, anche se le luci della città rendono opaco il cielo stellato della notte, l'oscurità è accogliente.

Apro la porta del caffè e la accompagno all'interno fino a un tavolo in fondo. Mentre mi dirigo verso il tavolo, prendo due menù, mettendomi a mio agio. Il caffè è nostro, non che io intenda dire a Savannah dei nostri affari.

«Non dobbiamo aspettare che ci facciano sedere?» chiede Savannah, dando un'occhiata alle sue spalle. Alla fine, mi segue al tavolo e si siede di fronte a me.

«Non a quest'ora» dico, porgendole il menù. Ho le spalle al muro e lo sguardo rivolto all'ingresso. Non mi piace mai dare le spalle a una porta. Devo essere sempre vigile e consapevole di ciò che mi circonda.

Si accascia sul tavolo, prende il menù e gli dà un'occhiata sommaria. «Cosa mi consigli?» chiede. A differenza del locale, dove non indossava praticamente nulla, i suoi jeans blu e la sua felpa larga la rendono adorabile.

La sua rudezza la rende un milione di volte più affascinante del personaggio tipico della ragazza ricca e sofisticata che ho visto di solito rappresentato dalle altre ballerine. Anche se dubito che le ragazze fossero ricche prima di ballare, a loro piace comportarsi come se vivessero uno stile di vita sfarzoso. Forse alcune di loro lo fanno. Non le tengo d'occhio nella vita privata.

«Qualche suggerimento?» chiede ancora.

«È tutto delizioso.» Non posso parlare male di questo posto. Anche se non è nostro, il cibo è ottimo.

«Questo aiuta a restringere il campo.» La bionda sorride, è sincera, e le sue spalle si rilassano, come se finalmente riuscisse a essere a suo agio.

«Ti è piaciuta la prima serata?»

Metto giù il menù. Non ho bisogno di guardarlo. L'ho memorizzato per intero. Ma è sempre stato una distrazione piacevole e accogliente quando avevo bisogno di una pausa dalla conversazione. Per qualche motivo, non mi sento minimamente in imbarazzo con Savannah.

Forse un mix di passione e chimica vortica nell'aria, rendendo impossibile smettere di fissarla.

Si rigira di nuovo i capelli intorno al dito e questa volta il labbro inferiore le si stringe tra i denti mentre fissa il menù, esaminandolo. «Puoi ordinare per me? Devo andare al bagno.»

«Ha qualche allergia?» mi informo. Non so cosa le piaccia, ma so cosa voglio, e non è solo il cibo che cerco.

Mi schiarisco la gola, per liberare i miei pensieri dal ballo di Savannah.

«No» dice lei. Prende la sua pochette e la porta in bagno, vagando per un attimo, vagamente persa, prima di trovare la strada giusta per il bagno delle donne.

Estraggo il telefono dalla tasca della giacca e do un'occhiata allo schermo. Niente di urgente. La maggior parte degli uomini di Mikhail dorme a quest'ora, a parte una manciata di guardie e di addetti alla sicurezza che tengono al sicuro il complesso.

La cameriera arriva mentre Savannah è in bagno e ordino per entrambi. Sono tentato di chiedere alla cameriera di portarci una bottiglia di vino. Qui non si servono alcolici, ma abbiamo sempre una mezza dozzina di bottiglie nel retro per quando portiamo ospiti per affari.

Non che questo sia un lavoro.

Si tratta di Savannah.

È una ballerina. Che renda ancor più piacevole il fidanzamento? Mi muovo a disagio alla sola idea. La ragazza ha un corpo da urlo e, dopo aver visto la sua esibizione nel mio ufficio, è difficile non immaginare le sue gambe avvolte intorno a un palo.

Ho fatto di tutto per non guardarla ballare stasera, chiudendomi praticamente nel mio ufficio.

Forse dovrei licenziarla. Almeno se non lavorasse al club non sarebbe una distrazione. Mi pizzico il ponte del naso. Non posso licenziarla perché è sexy. È una ballerina, porca puttana! Deve essere bellissima per contratto!

Savannah torna diritta al tavolo, con la pochette al fianco. Le sue unghie sono dipinte di rosso scuro. Sono pronto a giurare che il colore sia «Seduzione peccaminosa» o qualche altro nome che descrive Savannah tanto quanto il rosso lussurioso.

Scivola di nuovo nel posto di fronte a me. La cameriera porta a entrambi un bicchiere d'acqua. Preferirei qualcosa di più forte, ma cerco di mantenere il controllo e di non lasciare che il mio cazzo faccia tutte le mosse.

«Hai visto i bagni di questo posto?» chiede Savannah.

Alzo un sopracciglio curioso, aspettando che mi spieghi meglio.

«I bagni sono più grandi di quelli del mio appartamento.»

Mi strappa una risata. «New York non è una città economica in cui vivere» dico.

«Non dirlo a me» mormora sottovoce.

«Coinquilini?»

Non posso pensare che abbia una casa sua, anche se spero che ce l'abbia, perché se esistesse la possibilità che la porti a casa, non vorrei incontrare qualcun altro che vive con lei.

«Solo io.» Savannah scuote la testa. «Vivevo sopra un bar, il che rendeva difficile dormire dopo le due del mattino.»

«Ed è per questo che hai scelto di ballare?» Dubito che sia questo il motivo. Non mi sembra una ragazza che va a letto presto, ma potrei sbagliarmi.

«No.» Sorride e la sua mano si avvicina ai capelli, facendo roteare di nuovo la ciocca che si è avvolta. «Non ho i soldi per frequentare una scuola per baristi e ho provato a servire ai tavoli. Sono goffa e le mance sono terribili quando fai cadere cibo e bevande sulle ginocchia di tutti.»

Mi copro la bocca con la mano per non far uscire la risata che ho in pancia. «Perdonami» mi scuso, con un sorriso enorme, e lei geme di dolore. «Sono felice che Nikita non mi abbia convinto ad assumerti come cameriera.»

«Nikita?»

«È il direttore del Club Sage. L'hai conosciuto durante il colloquio» dico, ricordandole la nostra piccola interruzione.

«Giusto.» Annuisce e fa una pausa mentre si ricorda di lui. «Non l'ho visto stasera al club.»

«Aveva degli impegni stasera, ma in genere fa il turno serale. Io lavoro sempre fino alla chiusura.» Ora che Nikita è un padre di famiglia ha meno voglia di lavorare fino alle due del mattino. Non lo biasimo. Lucy è davvero adorabile. Non sorprende che voglia infilarsi nel letto con lei prima che sorga il sole.

«Buono a sapersi.» Savannah fa un sorriso. «Senti, spero di non essere sembrata un po' troppo sfacciata durante il colloquio, ballando sulla tua scrivania e tutto il resto.» Ride e si copre il viso con la mano. È imbarazzata per la situazione.

«Sei stata bravissima. Ti ho fatta assumere all'istante» le dico. Il solo pensare alle sue mosse, al suo corpo e al modo in cui mi ha fissato mi fa battere il cuore e mi agita dentro.

Prendo il mio bicchiere d'acqua per calmare la mia bocca secca. La ragazza mi fa eccitare, anche quando non cerca di arraparmi.

Mi fissa negli occhi. «Ok, bene. Di solito non ballo sulle scrivanie durante i colloqui.»

Soffoco per l'acqua e tossisco, prendendo il tovagliolo. «Spero di no, soprattutto se stai facendo un colloquio come cameriera. Pensi di trovare un secondo lavoro?» Odio pensare che potrebbe aver bisogno di lavorare in un altro posto oltre al club.

Savannah sorride e chiude la bocca, a labbra strette. Scuote la testa. «Stasera ho guadagnato più di quanto non abbia fatto da un bel po' di tempo a questa parte. Finché le ragazze non mi uccideranno per aver rubato alcuni dei loro clienti abituali, credo di essere a posto.»

«Posso parlare con la Bailey e le altre ragazze» dico. Se c'è qualcuno che le sta dando del filo da torcere, è sicuramente Bailey. La ragazza ha la lingua lunga, ma dubito che tirerebbe un pugno in una vera lotta.

«Per favore, non farlo. Non voglio allontanare nessuna delle ragazze. Voglio che vedano che non sono una minaccia e un trattamento speciale da parte del capo non mi aiuterebbe.»

Ha ragione. Espiro e annuisco. «Mi sembra giusto.»

La cameriera porta dei panini freschi e diversi piatti.

«Ha tutto un profumo meraviglioso» dice.

«Il sapore è ancora meglio.»

———

Dopo una cena molto tardiva, se così si può dire, mi occupo del conto e accompagno Savannah alla mia auto. «Qual è il tuo indirizzo?»

«Puoi lasciarmi alla stazione ferroviaria» dice lei.

«No, ti accompagno a casa.» Non le permetterò di camminare da sola alle quattro del mattino, vagando per le strade. È pericoloso, soprattutto per una bella ragazza.

«Non devi...»

«Indirizzo.» Sono fermo e brusco, in attesa della sua risposta.

Mi dà l'indirizzo di casa sua e io tocco lo schermo del mio telefono, inserendo le informazioni nel GPS. Conosco la città piuttosto bene, ma è meglio assicurarsi di non perdere l'edificio.

«Grazie.» Si affianca a me, allaccia la cintura di sicurezza e guarda fuori dal finestrino. Mi sarei aspettato che fosse stanca, ma è sveglia quanto me.

Il viaggio è tranquillo. Mi chiedo se abbiamo esaurito gli argomenti di conversazione, ma poi lei interrompe il silenzio.

«Sei il primo capo, tra tutti quelli che ho avuto, che è stato gentile con me» dice Savannah. La sua voce è appena superiore a un sussurro, ma vuole che io la senta.

La guardo mentre accosto vicino al suo appartamento e parcheggio all'esterno. «Non dire alle altre ragazze che sono un bravo ragazzo. Così mi rovini la reputazione» scherzo.

Lei sorride e si slaccia la cintura di sicurezza mentre io parcheggio. «Ti va di entrare per bere qualcosa?»

Dubito che mi stia chiedendo realmente di bere qualcosa, ma una volta superata questa linea, non posso andarmene e far finta che non sia successo.

È una pessima idea. La peggiore in assoluto, andare a letto con una delle ballerine. Ma mi ha invitato solo per un drink. Non mi ha chiesto di andare in camera sua o di spogliarmi.

Spengo il motore e scendo. Come minimo, devo assicurarmi che entri nel suo appartamento senza problemi. È tardi. Alcuni uomini si aggirano per le strade, anche se non ne ho visto nessuno davanti alla sua porta. Tuttavia, chiunque potrebbe essere nei corridoi in attesa di aggredire una bella ragazza come Savannah.

Devo accompagnarla alla porta.

Non rispondo alla sua domanda, ma la seguo all'interno dell'edificio, salendo le scale fino al quinto piano. È una fortuna che io sia in forma, altrimenti sarei stanco. Savannah è leggera, ma sento che il suo respiro si affatica all'ultima rampa di scale.

«Un bell'allenamento, vero?» mi chiede, abbassando la voce, che però riecheggia nella tromba delle scale. Apre la porta del quinto piano e io la seguo, dando un'occhiata al lungo e buio corridoio per assicurarmi che non ci sia nessuno in giro.

Savannah recupera le chiavi di casa dalla pochette che tiene in mano e ci giocherella prima di farle scorrere nella serratura.

Rimango davanti alla sua porta per un secondo più del necessario.

Lei si guarda alle spalle, forse percependo la mia esitazione. «Vuoi bere qualcosa quindi?»

Senza parole, entro e chiudo la porta a chiave. Non dovrei volere un drink. Non dovrei essere ubriaco con lei, ma tutto ciò che voglio fare è strapparle i vestiti di dosso e farmi guidare dal mio cazzo, seppellendolo in profondità nel suo calore.

«Un drink va bene. Prendo quello che prendi tu» dico.

Solo un drink. Poi tornerò a casa, nel complesso dove i miei segreti restano ben chiusi.

Savannah scompare in cucina e io mi tolgo la giacca, lasciandola sulla sedia della sala da pranzo. Mi allento la cravatta. Non voglio sentirmi a casa, ma sono anche pronto a rilassarmi e forse un drink otterrà proprio questo scopo.

Lei torna in salotto portando due bicchieri da shot e una bottiglia di rum. «Scusa, forse è un po' troppo femminile per i tuoi gusti, ma è tutto quello che ho nell'armadietto.» Si siede per terra e appoggia i bicchieri sul tavolino.

Seguo il suo esempio, mettendomi accanto a lei sul tappeto. È felpato e sembra notevolmente nuovo. «Va bene» dico e leggo l'etichetta della bottiglia. «Rum al frutto della passione. Molto femminile.»

Lei prende la bottiglia e se la stringe al petto con una mano. «Preferisci dell'acqua?»

«No, versami un bicchierino.» Non mi sto cercando di lamentarmi, sto solo esponendo i fatti.

Lei sorride e mi porge la bottiglia. Verso per tutti e due e appoggio la bottiglia di rum sul tavolo. Non mi disturbo a richiuderla. Del resto, non mi ha invitato per un solo drink, giusto?

TRE

SAVANNAH

Sono in questo appartamento da nemmeno una settimana, preparandomi per l'operazione sotto copertura. La speranza, è che sembri abbastanza vissuto e che Anton non sospetti nulla. Il padrone di casa ci ha fornito un appartamento appena rinnovato, ridipinto e con un tappeto. L'odore di vernice mi solletica il naso, come arrivo davanti alla porta.

Anton però non ha detto nulla a riguardo, magari non è così sensibile agli odori chimici come me.

Prendo il bicchierino e lo sollevo. «Alle nuove opportunità» brindo.

Anton solleva il suo e lo fa tintinnare contro il mio, facendo un cenno col capo prima che entrambi lo svuotiamo d'un sorso.

Diversamente rispetto a quando Madisyn si è infiltrata nella Bratva, non ci sono telecamere o la videosorveglianza all'interno del mio appartamento. Nemmeno delle cimici, da quanto ne so. Il posto è immacolato e ho insistito affinché fosse così.

Il mio capo sta chiudendo un occhio sul fatto che voglia andare a letto con Anton per guadagnarmene la fiducia, e nel dover fare questo non voglio che ci siano dei video che possano poi venire visualizzati da qualcuno in ufficio.

Sì, sono un po' selvaggia a letto, ma non così pervertita. Riprendermi mentre faccio sesso mi sta bene, ma non di certo di mostrarlo in giro in modo che chiunque lo possa vedere come prova contro la Bratva. No, grazie.

Sfioro intenzionalmente la mano sinistra di Anton mentre prendo la bottiglia di rum e ne verso un altro giro. «Non hai moglie o fidanzata a casa?» mi informo, guardando la sua mano nuda.

Lui fa un sorriso sornione. «Ho sempre messo il lavoro al primo posto. Cosa che non piace a molte persone.» Butta giù il bicchierino e io gliene verso un altro prima di prendere il secondo per me.

Mi sposto sul tavolo, per nulla infastidita dalla sua osservazione, e lui si fa un terzo shot di rum come un professionista.

«Non sono come la maggior parte delle ragazze» dico, fissandolo con lo sguardo.

Anton si schiarisce la gola e si passa una mano tra i capelli. I suoi occhi si stringono e posso percepire la sua esitazione. Per essere un cattivone, non sembra un uomo così terribile. Non si è imposto su di me. Diavolo, non ha nemmeno provato a baciarmi. Quando l'ho invitato a casa mia, pensavo che sarebbe stato lui a fare la prima mossa.

Lo afferro per la cravatta e lo tiro più vicino e più stretto a me. Con la mia voce più sensuale, sussurro: «Non riesco a smettere di pensare a quando ci siamo conosciuti e ho ballato sulla tua scrivania.»

È stato solo qualche ora prima, ma volevo che sapesse di aver suscitato un desiderio profondo in me. Salgo sulle sue ginocchia, mettendomi a cavalcioni su di lui.

Anton emette un sospiro e, prima che possa obiettare, appoggio le mie labbra sulle sue. Le mie dita si aggrovigliano tra le sue folte ciocche scure. Sa di rum e di spezie. Il suo profumo maschile mi solletica il naso e mi agita le viscere.

Con Anton non devo fingere di essere attratta da lui. È reale, anche se la mia vita e chi dico di essere è una bugia.

Lui prende il gesto come un via libera e i suoi baci diventano forti e decisi, implacabili. Mi pizzica il labbro inferiore, tirandolo tra i denti, e giuro che quell'uomo ha ringhiato.

È predatorio.

Sensuale.

E io sto per essere disfatta dai suoni che l'uomo emette. Cazzo, dovrei essere io ad avere il controllo.

Ma in qualche modo, lui prende il comando e mi solleva tra le sue braccia. Le mie gambe si avvolgono intorno alla sua vita. Le nostre bocche sembrano praticamente fuse, incapaci di staccarsi abbastanza a lungo per respirare.

Ho bisogno che si fidi di me, che si innamori di me e che mi faccia entrare nella sua cerchia ristretta, e il sesso è il modo più semplice per ottenere la sua fiducia.

Si dirige a fatica verso la camera da letto. Considerando che l'appartamento è piccolo e che mi intrappola contro la porta della camera da letto, con la schiena schiacciata contro il legno, non è difficile trovarla.

«Apri.»

La sua parola è un comando. Le mie mani si aggrappano alla maniglia della porta prima di aggrapparsi di nuovo a lui, trascinando la sua camicia su e sopra la sua testa. Solo che si blocca. «Bottoni» borbotta, e se stavo cercando di disorientarlo, ci sono riuscita benissimo, visto che brontola sottovoce.

Scivolo lungo il suo corpo, con i piedi ben saldi sul pavimento. La mia schiena è rivolta al materasso, ma sento il letto contro le mie gambe e potrei sdraiarmi. Ma non lo faccio, non ancora.

Invece, mi avvicino per aiutare Anton a slacciare i bottoni, quando lui si libera la camicia dal petto e la getta nella stanza.

«Spogliati e sali sul letto» mi ringhia. Faccio un respiro affannoso e incrocio le braccia sui fianchi, sollevando la felpa sopra la testa. Sotto non porto nemmeno il reggiseno. «Anche i pantaloni» mi ordina.

Sbottono e slaccio i jeans, facendoli scivolare lentamente lungo i fianchi. Lascio le mutandine e mi metto a sedere sul materasso, strisciando sui cuscini mentre lui mi bracca come se fossi una preda.

Non è per nulla delicato o lento mentre divora le mie labbra. Anton è rude, ma è perfetto quando si mette a cavalcioni sulla mia vita e mi blocca le braccia contro il materasso.

«Desidero assaggiarti da quando sei entrata nel mio ufficio» dice e il mio cuore accelera alla sua confessione.

Avevo visto il desiderio dietro il suo sguardo scuro, proprio come ora, la sua attenzione dedicata interamente a me.

«Girati» mi sussurra all'orecchio, e non posso fare a meno di chiedermi cosa abbia in mente.

Quando non eseguo questo suo comando abbastanza rapidamente, rilascia la presa sulle mie braccia e io inspiro bruscamente, temendo che si allontani.

Ma non lo fa. Invece, le sue mani mi stuzzicano i fianchi, mi fanno girare e mi guida il culo in aria. «Ti voglio a quattro zampe» sussurra, accarezzandomi il sedere, la sua mano indugia sulle mutandine di pizzo che ho indossato solo per lui.

Sento che si sta togliendo i vestiti gettandoli a terra, boxer e tutto il resto. Lo guardo da sopra la spalla, desiderando vederlo nudo. Non è solo un incarico. Forse dovrebbe essere solo questo: lui è una Bratva e io un agente federale. Ma non faccio sesso da troppi mesi e Anton è più di un uomo con carattere. Anche se, a essere sincera, questo aiuta.

È sexy e mi rende ancora più desiderosa di farlo con lui.

«Hai intenzione di scoparmi?» chiedo. Sono già senza fiato e ansiosa. Le mie viscere palpitano e pulsano.

«Ti piacerebbe, gattina, vero?» sorride.

Mi piacerebbe, ma lui se la sta prendendo comoda. Si china per raccogliere il vestito e ripiegare i pantaloni. Sta cercando di uccidermi? Forse sa che sono un agente federale e per lui questo è solo un gioco.

Mi sposto per girarmi e sedermi sul culo, visto che non è tornato sul letto, quando sento la sua mano che mi colpisce il sedere.

«Ow!» grido e i miei occhi si allargano per l'orrore. «Perché cazzo l'hai fatto?» Mi ha davvero sculacciata? Una donna adulta.

Mi rimette nella posizione che vuole, a quattro zampe. Il suo corpo tocca il mio da dietro. Guardo il suo cazzo grosso da sopra la spalla e sussulto alla sua vista. La mia bocca è asciutta e ho l'impulso di leccarmi le labbra. Già mi fanno male le viscere, e mi farà molto più male di un semplice pizzicotto.

È grande.

Enorme.

E anche se voglio che il suo cazzo sia sepolto dentro di me, sono allo stesso tempo terrorizzata. È un uomo con cui non si può scherzare, un membro della Bratva, che ucciderebbe per i suoi fratelli, e quando scoprirà che l'ho tradito, sarò il suo prossimo obiettivo.

Non potrà mai scoprirlo.

Beh, forse "mai" è un po' esagerato. Devo prendere tutte le prove che trovo e consegnarle ai miei superiori. Ma accidenti, il mio sguardo è fisso sul cazzo di Anton, che si contrae mentre strappa con i denti la confezione di carta stagnola.

Chiudo gli occhi e mi godo il calore del suo tocco e l'eccitazione che mi formicola in tutto il corpo.

Le sue dita sono calde e invitanti mentre separa le mie pieghe e introduce il suo cazzo dentro di me.

Ansimo e stringo le lenzuola con i pugni, abbassando la testa. Il dolore è quasi insopportabile, ma è bello. Con forza e senza resistenza, mi afferra i fianchi e si infila nella mia bocca. Mi allunga per adattarsi alle sue dimensioni. Il mio cervello è annebbiato, la mia mente si spegne mentre il mio corpo prende il sopravvento e lo lascio fare a modo suo.

Anton grugnisce e non è per nulla silenzioso o taciturno. Mi piacciono i suoni che provengono dalla sua gola, dalla sua bocca e i rantoli che emette mentre mi stringo al suo cazzo a ogni spinta.

«Donna, mi ucciderai» sussurra.

Faccio un sorriso malvagio. «Bene» gli rispondo, lanciando un'occhiata alle mie spalle.

I suoi occhi sono pesanti e scuri. Sta lottando per resistere e far durare il momento. Non è l'unico. Devo conquistare la sua fiducia e la sua sicurezza. Non posso trasformarlo in un'avventura di una notte in cui non sarei altro che un suo errore.

«Sei vicino?»

Le mie viscere pulsano, ma non ho mai avuto orgasmi particolari dal sesso.

Gemo involontariamente e giuro che è come se quell'uomo mi leggesse nel pensiero.

Una mano si sposta dal fianco al comodino e sono mortificata per non essermene accorta prima. Avevo lasciato il mio vibratore fuori perché lo vedesse. Non l'avevo fatto apposta, però, ad averlo lì.

Gira l'interruttore sul lato e mi porge il vibratore. «Vieni quando te lo dico io» ordina Anton.

Annuisco, obbedendo con impazienza quando mi porge il vibratore. Il ronzio del motore mi fa sfuggire dei mugolii, perché so cosa sta per succedere e sono già vicina. Solo che non sono ancora a posto con lui.

Premo la testa del vibratore contro il mio clitoride mentre Anton si fa strada dentro di me. La mia bocca si apre e ansimo, i gemiti mi sfuggono dalle labbra mentre lotto per tenermi a quattro zampe.

«Non ancora, piccolina» sussurra con voce roca, e io mugolo in segno di protesta.

«Ti prego» non ho intenzione di implorare. Le mie viscere pulsano e il ticchettio del vibratore premuto contro la mia perla gonfia porta un calore che si diffonde nel mio corpo, un calore avvolgente che non può essere annullato.

Le mie viscere si stringono e pulsano. «Vieni per me, piccola» sussurra. Giuro che sembra più un ringhio, un comando a cui obbedisco avidamente.

L'orgasmo mi attraversa e le dita dei piedi si arricciano. Mi aggrappo al suo cazzo e la mia mano si stringe sull'asta del vibratore viola.

Anton è accanto a me, grugnisce, il suo respiro si fa più profondo e intenso mentre si lascia andare. Un attimo dopo si ritrae e si toglie il preservativo, dirigendosi verso il bagno.

Spengo il vibratore e lo lascio sul comodino. Non ha senso nasconderlo. Crollando sul materasso, il cuore mi batte contro il petto mentre cerco di riprendere fiato.

Anton esce dal bagno e si guarda i vestiti come se stesse decidendo se andare o meno.

Sono esausta e sazia, ma mi metto a carponi. Lui si avvicina al letto, le sue dita mi pettinano i capelli, trascinando il mio mento verso il suo. Inavvertitamente, faccio le fusa. Non so da dove venga questo suono. Giuro che dalla mia gola non era mai stato emesso prima.

«Sei mia, gattina» ringhia e mi cattura la bocca con un altro bacio bruciante prima di guidarmi sulla schiena.

«Resta per la notte» sussurro tra un bacio e l'altro.

«È quasi mattina.»

Il sole non è ancora sorto, ma lo farà presto. «Rimani per la colazione?»

Sbadiglio e mi infilo sotto le coperte, accarezzando il letto accanto a me.

Il suo sguardo si stringe. «Solo per un po'».

Non so a cosa stia pensando, ma si infila sotto le coperte e mi tira contro di sé. È caldo e forte. Il suo profumo maschile mi solletica il naso mentre gli do le spalle. Le sue braccia mi circondano e, per essere un uomo che insiste sul fatto che si fermerà solo per un po', ho l'impressione che non sia quello che vuole, con il suo corpo avvinghiato al mio.

———

Dopo diverse ore di sonno beato, il mio braccio si allunga verso il materasso freddo accanto a me.

Dannazione.

Sospiro pesantemente e costringo gli occhi a guardare l'orologio digitale. È praticamente pomeriggio.

È ora di alzare il culo dal letto e iniziare la giornata. Brontolo sottovoce e mi alzo a sedere nel letto quando sento un leggero aroma di caffè.

«Anton?»

Mi alzo dal letto e prendo una maglietta dalla cassettiera e un paio di mutandine, infilandomele prima di uscire dalla camera da letto.

«Il caffè è pronto» dice Anton, come se vivesse qui e fosse il padrone di casa. «Vuoi che te ne versi una tazza?»

Mi pizzico il ponte del naso. «Sì, sarebbe fantastico.» Ho un po' di mal di testa, anche se non so bene perché. Probabilmente perché non sono abituata a fare le ore piccole. Dovrò abituarmi a lavorare al club.

Le tazze di caffè appese alla parete gli permettono di trovarne facilmente una e di prenderne una per me. Sul bancone della cucina c'è già una tazza fumante per lui.

Mi avvicino alla cucina e apro il frigorifero, prendendo una confezione di crema di latte d'avena. Ne aggiungo un goccio dopo che lui mi ha riempito la tazza di caffè. «Grazie» dico.

«Come hai dormito?» mi chiede.

Sollevo la tazza e inspiro l'aroma prima di bere un sorso. È caldo, ma la crema aiuta a raffreddare il caffè abbastanza da non bruciarmi la lingua o il palato.

«Bene. E tu?»

Sono sollevata dal fatto che sia ancora qui e, anche se sarebbe bene che se ne andasse in modo che io possa andare a riferire all'FBI che la mia missione sta procedendo positivamente, mi piace che non sia scappato.

«Ho dormito qualche ora.» Si porta la tazza alle labbra e ne beve un sorso. È già vestito e sospetto che se non mi fossi alzata, se ne sarebbe andato.

«Sei vestito» dico e guardo dietro di me verso il bagno. «Ho pensato che forse potremmo fare la doccia insieme stamattina.»

«Mi piacerebbe molto, gattina, ma devo incontrarmi con il mio capo tra un'ora.»

«Una doccia veloce?»

«Con te niente è veloce» ringhia e si avvicina. Posa la tazza sul bancone e mi cinge la vita con le braccia, stringendomi a sé. Mi mordicchia il labbro inferiore, una mano mi passa tra i capelli e l'altra rimane appoggiata sul mio fianco.

Il cellulare di Anton suona nella sua tasca. «Perdonami» si scusa e lascia la presa, entrando in salotto per rispondere alla chiamata. Non c'è molta privacy, ma mi impedisce comunque di sentire cosa viene detto dall'altro capo del telefono.

«Ehi, Nikita, che succede?»

Sorseggio il mio caffè, fingendo di non essere interessata, cercando di ascoltare una parte della conversazione.

«Non hai nessun altro che possa farlo?» Anton emette un pesante sospiro.

L'appartamento è fatto in modo che la cucina sia aperta sul soggiorno; quindi, anche se sta cercando di avere un po' di privacy, il suo atteggiamento indica che è stressato.

«Mandami un messaggio con l'indirizzo.» Anton si passa una mano tra i capelli ed emette un pesante sospiro quando chiude la chiamata.

«Devo andare» dice, tornando in cucina.

«Va tutto bene?»

«Solo cose di lavoro» risponde, senza indicare cosa stia succedendo. Infila il cellulare nella tasca interna del vestito. «Dovrà restare un segreto, se vuoi che continui.»

«Lo voglio» dico con un cenno deciso e un sorriso impaziente. «Probabilmente è meglio così. Non voglio che le altre ragazze si ingelosiscano o pensino che sia solo per questo che ho ottenuto il lavoro.»

Anton si avvicina e preme le sue labbra contro le mie prima di uscire dalla porta. «Ci vediamo stasera al club.»

Non ho avuto il tempo di piazzare un localizzatore sul suo veicolo o una cimice all'interno. E non posso farlo mentre siamo al club. C'è troppa sorveglianza all'esterno e potenziali testimoni che lavorano per la Bratva. Dovrò riprovare stasera, dopo il lavoro. Spero di poter rubare un'altra notte con lui e piazzare i dispositivi senza essere scoperta.

QUATTRO

ANTON

Non posso credere che Nikita voglia che vada a prendere suo figlio, Zion, a scuola. Tecnicamente è il figlio di Lucy, ma sono sposati e lui lo tratta come se fosse sangue del suo sangue. Non dico che sia una cosa negativa, ma coinvolgere il proprio dipendente chiedendogli di andare a prendere il bambino alla scuola elementare non è affatto normale.

Ma quando mai, del resto, quel che facciamo è ordinario?

Odio aver lasciato Savannah senza nemmeno aver parlato di quello che è successo ieri sera. Mi ha colto di sorpresa e in realtà non avevo intenzione di scoparmela.

Ma sono contento di averlo fatto.

Nikita si arrabbierebbe se lo scoprisse, e non voglio nemmeno pensare alla reazione di Mikhail. Probabilmente verrei rimproverato e Savannah verrebbe licenziata.

Non posso permettere che succeda. Non merita di perdere il lavoro solo perché non riesco a smettere di pensare a lei nuda. E ora, dopo averla vista nuda, una parte di me non vuole farla tornare sul palco dato che gli altri uomini la guarderebbero mentre balla.

Ma è il suo lavoro e non sono mai stato un tipo particolarmente geloso. Naturalmente, fino a ieri sera non ero andato a letto con nessuna ballerina o dipendente. Beh, tecnicamente, stamattina.

Scendo dirigendomi alla macchina e salgo sul SUV. Il veicolo non è mio. È di proprietà della Bratva, insieme a una decina di altre auto che ci prestiamo tra di noi.

Tiro fuori il cellulare, apro l'ultimo messaggio di Nikita e clicco sull'indirizzo aprendo il GPS del telefono. Conosco bene la città, ma non ho mai prestato particolare attenzione alla scuola frequentata dal ragazzo o alla sua ubicazione. Non sono mai stati affari miei, fino a ora.

Non riesco a credere che mi faccia fare delle commissioni per lui, ma a sua discolpa c'è il fatto che sua moglie, Lucy, è inciampata dalle scale di casa e ha bisogno di un esame di controllo al piede destro in ospedale. La ragazza è piuttosto maldestra.

Nikita non le farebbe mai del male; finché è nel complesso, è al sicuro. Il mio telefono si sarebbe acceso se fosse successo qualcosa come un'effrazione. Senza dubbio, uno dei vari soci mi avrebbe contattato per avvertirmi dell'attacco.

Passo dalla scuola elementare e parcheggio il veicolo in coda, scendo e mi fermo vicino al SUV. Giuro che da lontano i bambini sembrano tutti uguali, con gli zaini sulle spalle. Non aiuta il fatto che i bambini indossano tutti la stessa uniforme scolastica.

Da quando Nikita paga il conto di una scuola privata?

Non sono affari miei, ma non lo è nemmeno andare a prendere Zion a scuola, ed eccomi qui, invece, a fare questa commissione per il capo. Guardo l'orologio e il bambino mi viene incontro saltellando. «Ciao, zio Anton.»

Tecnicamente, non sono lo zio del bambino, ma è così che gli è stato insegnato a rivolgersi a noi in pubblico. «Sei pronto per andare?» chiedo.

La sua insegnante si affretta a seguirlo, una donna anziana e bassa con i capelli brizzolati. Almeno, presumo che sia la sua insegnante. Forse è la preside? «Signor Petrova» mi chiama mentre si avvicina.

«Sì.»

«Ho bisogno che firmi l'uscita di Anton prima di portarlo a casa. Può mostrarmi un documento di identità?»

Mi si stringe la mascella, non che i miei documenti siano un segreto. «Certo» rispondo, estraendo il portafoglio dalla tasca posteriore per poi aprirlo, rivelando la mia patente di guida. Non mi preoccupo di toglierla dalla plastica. La donna può leggere attraverso un pezzo di plastica trasparente, no?

«Grazie. Se può, firmi qui» mi dice, puntandomi la cartellina sul petto.

Scarabocchio il mio nome sul foglio prima che lei si affretti ad avvicinare il prossimo genitore o tutore. Apro la porta posteriore e faccio cenno a Zion di salire. Quando non si muove, alzo un sopracciglio curioso. «Sali.»

«Non c'è il seggiolino» dice «la mamma dice che non posso salire in macchina senza.»

«Beh, ragazzo, tua madre non è qui.»

Il labbro inferiore di Zion si imbroncia. Sta per piangere? Non riesco a gestire un bambino di sette anni che piange. Certi giorni riesco a malapena a badare a me stesso.

«Che ne dici di prendere un gelato mentre torniamo a casa?» suggerisco, cercando di trovare un modo per evitare che il bambino pianga. Se dovesse avere un crollo, non saprei come gestirlo. Prendere in braccio il bambino e buttarlo sul sedile posteriore, pur essendo una tentazione, attirerebbe troppo l'attenzione. Il bambino non resterebbe certo in silenzio.

Zion esala un pesante sospiro e cede, salendo sul sedile posteriore. «Va bene.» Lascia cadere la borsa dei libri sul pavimento accanto ai suoi piedi.

Giuro che ha lo stesso atteggiamento di sua madre. Non che io abbia lavorato molto con Lucy. Ha ballato una sera al club e Nikita ha messo in chiaro che non sarebbe mai più successo. Peccato, era una ballerina carina. Non era neanche lontanamente sexy come Savannah, ma aveva qualche mossa piccante. Fa la barista un paio di sere a settimana, quando abbiamo bisogno di una copertura extra.

Dopo che Zion si è sistemato sul sedile centrale e si è allacciato la cintura, sbatto la portiera e mi precipitato sul lato del guidatore.

«Mamma ti ucciderà» dice Zion, rovesciando la testa all'indietro e fissa il soffitto.

Cosa diavolo ci sarà di così interessante là sopra?

«Perché?»

Non so perché mi preoccupo di chiederlo, ma lo faccio.

Lui elenca ogni elemento sulle dita. «Niente seggiolino e mi dai il gelato dopo la scuola. Sei proprio morto» dice Zion ridacchiando.

«Sono solo due motivi.»

«Ne vuoi altri?»

Caspita, il ragazzo è nervoso. «Possiamo saltare il gelato e andare direttamente a casa. Scommetto che hai i compiti da fare.» Gli lancio un'occhiata dallo specchietto retrovisore. Giuro che il ragazzo ha sette anni e contemporaneamente diciassette. Non so come Nikita e Lucy riescano a gestirlo. La prossima volta, Nikita dovrebbe chiedere a Madisyn, Hannah o a qualcun altro con un figlio di andare a prenderlo al doposcuola. Anche se i loro figli sono troppo piccoli per la scuola elementare, almeno sanno come comportarsi con i bambini.

Gli occhi di Zion si allargano e lancia un lungo sguardo laterale fuori dal finestrino. Questo sembra farlo tacere.

Sono quasi allo stremo delle forze.

Avrei dovuto dormire di più ieri notte con Savannah. Non che mi sia pentito di essere andato a casa con lei e di averci passato la notte. Guardarla dormire è stato il momento più bello della mattina, da quando mi sono svegliato.

«Gelato?» Zion fa una battuta. Questa volta il ragazzo è un po' più calmo. Come se avesse capito di aver messo a dura prova la mia pazienza e che io stessi per esplodere contro di lui. Probabilmente, gli capita spesso.

«Sì, ti porto un cono singolo.» Non sono sicuro che il ragazzo se lo meriti, ma gli ho fatto una promessa nel tentativo di convincerlo a salire sul sedile posteriore. Non sono un uomo che viene meno alla parola data, per quanto piccola o insignificante possa essere.

———

Non c'è nemmeno un parcheggio davanti alla gelateria. Parcheggiamo a diversi isolati di distanza. Il ragazzo mi afferra la mano prima di attraversare la strada al semaforo. La città è affollata all'ora di punta e, anche se non sono abituata a tenere una mano così piccola, sarei un uomo morto se perdessi il bambino.

Mentre percorriamo l'ultimo isolato verso la gelateria, giuro di scorgere i suoi lunghi capelli biondi.

Savannah? Sbatto rapidamente le palpebre. Dubito che sia lei. A meno che non mi stia seguendo, non sembra accorgersi di me mentre si affretta a entrare in una vicina caffetteria.

«Prima devo fare una sosta» dico.

«Ma...e il gelato?» piagnucola il bambino di sette anni.

«Lo prendiamo dopo, ragazzo. Dammi solo un minuto.» Praticamente trascino Zion a correre con me dall'altra parte della strada mentre ci dirigiamo verso la caffetteria. Non sono poco appariscente, ma non sto cercando di tenere un profilo basso. Potrei semplicemente aver voglia di ordinarmi un caffè.

Zion brontola, ma cede mentre lo accompagno all'interno del piccolo bar. La folla di lavoratori occupa prevalentemente tavoli e sedie, mentre scrivono sui loro computer portatili e sorseggiano il loro costoso caffè.

Mi lascia la mano, non trovando più necessario aggrapparsi a me, e gliene sono incredibilmente grato. Non sono abituato a stare in mezzo ai bambini. Essendo anche figlio unico, non è che avessi un fratello minore a cui fossi costretto a fare da babysitter.

«Voglio il gelato» piagnucola Zion.

«Sarà la nostra prossima fermata» dico. Non c'è traccia di Savannah, il che è strano visto che è entrata nel bar. Beh, una donna bionda della sua altezza e corporatura l'ha fatto. Avrei giurato che fosse lei.

Ma non c'è traccia di lei o di qualcun altro che corrisponda alla sua descrizione. Forse la bionda lavorava qui e si è infilata nel retro per prepararsi? Mi avvicino al bancone e ordino un caffè piccolo, nero. Non voglio niente di speciale.

Zion è al mio fianco e studia i muffin e le focaccine in esposizione. «Posso averne uno?» chiede, indicando il dolce.

«Dipende. Preferisci questo o il gelato?»

«Il gelato» dice con la sua voce dolce, innocente e acuta. Ha un ghigno sul viso, come se sapesse che non dovrebbe mangiare nessuno dei due così vicino alla cena, ma la fa franca infrangendo le regole.

O meglio, sono io che infrango le regole.

Se faccio casino con il bambino, Nikita non mi chiederà più di fare da babysitter. Non male. Non voglio che si faccia del male. Ma forse troppi zuccheri lo faranno rimbalzare sulle pareti quando torneremo al complesso.

Sempre supponendo che Nikita e Lucy siano già a casa al nostro arrivo.

È meglio che lo siano. Non ho firmato per fare da babysitter. Devo tornare al club per gestire i conti prima che gli ospiti inizino ad arrivare e le ballerine debbano prepararsi.

Tiro fuori venti dollari e pago alla cassa quando sento la voce di Savannah da dietro.

«Mi stai seguendo?» mi chiede.

«Potrei chiedere lo stesso di te» dico, lanciandole un'occhiata da sopra la spalla.

Lei stringe le labbra e gli occhi si restringono, forzando un sorriso. Cosa diavolo sta nascondendo?

«Ero andata in bagno» dice e indica il corridoio buio in cui si trova il bagno singolo. Savannah abbassa lo sguardo sul ragazzo accanto a me. «Non mi avevi detto di essere padre.»

«Non è mio papà» ribatte Zion prima che io possa rispondere. «Non ho un padre. Mio padre è venuto dalla banca.»

Savannah aggrotta le sopracciglia, confusa dal suo commento, e forse è meglio così. «Dove l'hai sentito dire?» rido goffamente di Zion.

«La mamma stava parlando e l'ho sentita per caso. Ma non capisco» dice Zion.

«Bene» mormoro sottovoce. «Chiedi a tua madre, ragazzo.» Non ho voglia di andare oltre, in questa conversazione.

«Quindi non è tuo figlio» dice Savannah e sorride. Sta cercando di capire che rapporto abbia Zion con me. Beh, la lascerò riflettere ancora per un po'. Che gusto c'è a svelare tutti i miei segreti?

Mi tolgo di mezzo e Savannah ordina il più bel caffè che si possa immaginare, mentre io aspetto che il barista finisca di preparare la mia bevanda. Ci sta mettendo più tempo del dovuto, avendolo ordinato nero. Stanno coltivando i dannati chicchi di caffè?

«Ordine per Anton» dice il barista, porgendomi il caffè nero. La carta esterna è già calda, segno che il caffè sarà ancora fumante quando ne berrò un sorso.

«Possiamo andare a prendere il gelato adesso?» Zion piagnucola. Il ragazzo sta perdendo la pazienza e non lo biasimo.

«Sì» rispondo. Guardo di nuovo Savannah e le offro un debole sorriso. «Ci vediamo stasera.»

«Ciao» dice lei e saluta il bambino.

Mi dirigo con Zion verso la porta e un signore in abito da lavoro esce e ci tiene la porta. Non posso fare a meno di fissarlo. Dove diavolo era seduto? Avevo dato un'occhiata a tutti i presenti nel bar, ma non l'avevo notato.

Strano.

———

Mi sento sollevato quando lascio Zion al complesso e Hannah si offre di tenerlo d'occhio. Lui corre nella stanza dei giochi, con le dita ancora appiccicose per il gelato al lampone divorato. Il bambino ha anche sporcato la sua uniforme scolastica e il mio sedile posteriore.

Eppure, non oso ammettere che è stato bello portarlo in giro per il centro. Alcune signore single mi hanno sorriso e l'espressione di Savannah quando ha pensato che fossi il padre del bambino è stata la ciliegina sulla torta.

Mi dirigo subito verso l'ufficio, che si dia il caso sia nel retro del locale, allentando la cravatta e togliendomi la giacca quando arrivo. L'aria è soffocante. Ricontrollo il termostato e scuoto la testa per lo sgomento. Chi diavolo ha spento il condizionatore?

Gli ospiti non vogliono sudare come matti mentre si godono la lap dance. Regolo il termostato e prendo una bottiglia d'acqua dal mini-frigo nell'ufficio di Nikita. Non ne sentirà la mancanza. Dubito che verrà, oggi, avendo passato il pomeriggio con Lucy all'ospedale.

«Il termostato è rotto?» chiede Dmitri. Il suo viso è rosso e il sudore gli ricopre la fronte. È il vicecapo di Mikhail e aiuta il club in base alle necessità, il che ultimamente significa lavorare tutte le sere al Club Sage.

«Qualche stronzo ha spento l'unità ieri sera» replico, dirigendomi verso il retro, per il quale serve una chiave per entrare nel seminterrato. Tutto il nostro riciclaggio di denaro e la tenuta dei registri avvengono sotto il locale, lontano da occhi indiscreti. La porta è chiusa a chiave e nessuno è autorizzato a scendere durante l'orario di lavoro. L'ultima cosa che vogliamo è che qualcuno sospetti di quello che stiamo realmente facendo o che scenda di nascosto a sbirciare.

Dmitri alza le braccia in aria. «Non sono stato io, ma si stava bene nel locale ieri sera. Sicuro non sia rotto?»

«Abbiamo appena installato un nuovo sistema HVAC durante i lavori di ristrutturazione. È meglio che non sia rotto, cazzo» brontolo e prendo l'acqua fredda, bevendone un sorso.

Mi dirigo verso il seminterrato e Dmitri mi segue. Apro la porta e lui la chiude dietro di noi. La porta si chiude automaticamente e scendiamo le scale. Una dozzina di soci sta già gestendo i fondi di ieri, mescolando il denaro del club con quello di altre attività illegali.

Io e Dmitri ci assicuriamo che l'operazione si svolga senza intoppi e che i nostri soci non ci derubino.

L'aria al piano di sotto è molto più confortevole. Non è soffocante, ma è più calda del solito. «Chi diavolo ha spento l'aria condizionata?»

Il silenzio riempie la stanza. Nessuno ammette quello che ha fatto, e perché dovrebbe? Non si scherza quando si tratta della Bratva, per quanto piccolo o insignificante possa essere l'errore.

Esamino la stanza. Alcuni uomini si rifiutano di incontrare il mio sguardo, rannicchiandosi per paura. Nessuno confessa, questa volta non ho intenzione di sparare in testa a qualcuno per la temperatura del locale, ma se fosse stato intenzionale e qualcuno stesse cercando di sabotare la riapertura, allora sono morti.

Non mi viene in mente nessuno degli uomini di Mikhail che possa voler sabotare il locale, ma la mafia e il cartello ci guarderebbero volentieri soffrire.

Dmitri ha la mascella serrata. Non dice nulla e passa davanti agli uomini che riprendono a contare i soldi. L'uomo è tutto muscoli, ha lavorato alla porta come guardia del corpo extra per mantenere il club al sicuro dopo la nostra intrusione di qualche mese fa.

Prendo il registro dalla scrivania e lo riporto nel mio ufficio. Mi chiudo la porta alle spalle quando sbatto contro Savannah, girando l'angolo.

«Che ci fai qui?»

La domanda mi esce ancora prima delle scuse per averla praticamente fatta cadere. Tuttavia, non mi aspettavo che ci fosse già qualcun altro.

«Ti stavo cercando» dice Savannah.

Stringo forte il registro e mi dirigo verso il mio ufficio. Non posso permettere che Savannah diventi una distrazione. «Non dovevi essere qui prima di un'ora» dico e guardo l'orologio.

Manca meno di un'ora all'arrivo delle ragazze. La mia giornata è stata un po' movimentata avendo dovuto andare a prendere Zion a scuola e poi fare un paio di soste veloci in città.

«Speravo di poterti parlare» dice Savannah. Si ferma all'ingresso del mio ufficio come se stesse aspettando un invito.

La ragazza mi ha legato al dito. Dovrei dirle di prepararsi e di lasciarmi in pace, ma non lo faccio.

«Ho del lavoro da fare» dico.

Lei stringe le labbra e fa un debole cenno di assenso. «Hai un bel nipotino» dice, facendo una battuta sul rapporto tra me e Zion.

Lui si riferisce a me come a suo zio Anton, quindi glielo concedo. «Grazie.» Non sarà un consanguineo, ma è la famiglia della Bratva, e questo mi basta.

Mi siedo dietro la scrivania, il registro è chiuso, ma nasconderlo è inutile. Lo appoggio sulla scrivania, con la mano che lo copre, anche se è chiuso e la copertina marrone scuro non rivela nulla di strano sul contenuto.

«Scusami, è chiaro che sei occupato e ti sto interrompendo» dice Savannah, che finalmente ha capito che non ho tempo di stare a chiacchierare.

Per la Bratva lavoro a lungo e fino a tarda notte. Il lavoro è praticamente 24 ore su 24. Non posso andarmene dopo un turno e spegnere quella parte della mia vita. «Entra, chiudi la porta» le dico. C'è qualcosa in lei che non mi fa desiderare di allontanarla. Forse è perché sono anni che non ho una relazione.

Di solito una ragazza si allontana quando sa che aiuto al Club Sage e che sono in mezzo a spogliarelliste ogni giorno. La maggior parte delle ragazze con cui esco non ha abbastanza fiducia in se stessa per capire che posso vedere una ragazza in perizoma e non volerla scopare.

Beh, questo fino a quando non ho incontrato Savannah.

La ragazza è come il fuoco e voglio giocare con lei anche se so che è mortale, pericoloso e che mi brucerò.

Un po' di dolore non ha mai fatto male a nessuno.

«Sei sicuro?» chiede Savannah, ma entra nel mio ufficio e chiude la porta. Si siede sulla sedia di fronte alla mia scrivania, proprio di fronte a me. Ricorda il nostro primo incontro di ieri, quando ha fatto il colloquio con me. Solo che questa volta non si arrampica sulla mia scrivania e non dà spettacolo.

Peccato. È stato un pomeriggio piacevole. Tuttavia, non vedo l'ora di vederla ballare stasera.

«Sei arrivata presto. C'è un motivo?» la interrogo. Prendo una penna dalla scrivania e apro il registro. Dalla sua posizione, non può vedere le informazioni. Inoltre, non c'è nulla di interessante per lei.

Ho bisogno di lavorare un po' se voglio vederla ballare stasera. Alzo lo sguardo, aspettando che risponda, con la penna in mano. Non può dirmi che si annoiava e ha deciso di venire al lavoro prima. Sarebbe solo una scusa. Ho bisogno di sapere il vero motivo per cui è qui, sono sicuro che ha poco a che fare con me. Abbiamo dormito insieme solo una volta. Non siamo quasi niente.

«Sinceramente, ero curiosa di sapere qualcosa sul ragazzo, ma visto che sei suo zio, hai già risposto alla mia domanda.»

«Sei venuta al lavoro prima per chiedermi di Zion?» Metto giù la penna. Non ci credo. «Sei una pessima bugiarda» dico.

Le guance di Savannah bruciano e lei si guarda il grembo. Arriccia una ciocca di capelli intorno al dito e torna a guardarmi con un timido sorriso.

Non mi lascio ingannare dalla sua timidezza.

«Basta» le dico.

«Volevo chiederti un appuntamento» dice Savannah.

Mi schiarisco la gola. Non era quello che mi aspettavo. Non sono sicuro di quello che pensavo volesse quando è venuta nel mio ufficio, ma un appuntamento? «Dobbiamo tenere nascosto quello che c'è tra noi» dico.

«Lo so. Volevo solo dire che forse potremmo mangiare un boccone dopo il lavoro.»

Vuole che si ripeta la serata di ieri. Ok, posso accettare, anche se questo significa che finirò nel suo letto. «Mi piacerebbe» dico. Suppongo che questa non sia un'avventura di una notte. Ieri sera, dopo aver dormito insieme, non ero sicuro che volesse che me ne andassi e che mantenessi le cose professionali tra noi.

Mi piace stare con lei, ma, anche se non dovrei mai avere la testa tra le nuvole, è pericoloso. La ragazza non ha idea di cosa io faccia per vivere al di fuori del lavoro al club.

Do un'occhiata al registro sulla mia scrivania. Devo rivedere i numeri e seguire i controlli che abbiamo fatto su Savannah come nuova assunzione. Sarebbe bene assicurarsi che non sia coinvolta nella mafia italiana o nel cartello colombiano. Entrambe sono organizzazioni pericolose e, mentre con gli italiani abbiamo stabilito una tregua, il cartello è stato eliminato diversi mesi fa. È solo questione di tempo prima che si vendichino, non appena sorgerà un nuovo leader.

«C'è altro?» chiedo.

Lei scuote la testa. «Volevo solo assicurarmi di stare un minuto con te da sola prima che arrivassero le altre ragazze. Non voglio che parlino.»

«Lo apprezzo molto» dico, sollevato dal fatto che anche lei vuole mantenere il segreto su ciò che sta accadendo tra noi.

Savannah non si alza dalla sedia. «A cosa stai lavorando?» mi chiede. Il suo tono non la fa sembrare particolarmente interessata, cerca solo di fare una conversazione educata.

Non voglio essere scortese o sminuirla sottolineando che non è nulla che lei possa capire. «Sto solo rivedendo dei numeri. Roba noiosa» dico.

«Ho studiato contabilità» ribatte lei.

«E l'hai abbandonata perché facevi più festa che andare a lezione» replico, ricordando quello che mi aveva detto.

Lei alza le spalle, sapendo che ho ragione. «Sì, probabilmente non sono di grande aiuto, ma mi piacerebbe imparare. Sono più portata a imparare con le mani che ad afferrare ciò che si legge in un libro di testo. Preferisco l'esperienza del mondo reale.»

«Lo terrò presente» dico.

Savannah si alza e indica la porta alle sue spalle. «Credo che dovrei andare a prepararmi.»

«Buona idea.»

Si alza e si dirige verso la porta. «Vuoi che ti lasci la porta aperta o chiusa?»

«Chiusa» rispondo.

Nel momento in cui la porta si chiude, ritorno a concentrarmi sui libri. Sono riuscito a passare a malapena due ore a esaminare libri e a lavorare su un registro separato per le nostre tasse, quando bussano con decisione alla porta e Nikita entra, senza invito.

«Non mi aspettavo di vederti in ufficio oggi.» Alzo brevemente lo sguardo prima di tornare a concentrarmi sul mio lavoro. «Come sta tua moglie?»

«Lucy sta bene. Si è solo slogata la caviglia. Il medico l'ha fasciata, ma presto tornerà come nuova.»

«Mi fa piacere sentirlo» dico, con la penna in bilico sulla pagina mentre mi fermo ad ascoltare Nikita.

«Grazie ancora per aver accompagnato Zion a casa, questo pomeriggio. Mi sono accorto di aver dimenticato di lasciarti il seggiolino. Ne ho uno di riserva nell'armadio dell'ufficio al piano di sopra, se avessi bisogno di prenderlo di nuovo.»

Spero che non la faccia diventare un'abitudine o una nuova parte delle mie responsabilità lavorative. «Sì, certo. A patto che non ti dispiaccia se gli do un gelato mentre torno a casa.»

«Non l'hai fatto» ribatte Nikita. Non mi crede.

«Il ragazzo non te l'ha detto?» Mi sorprende che Zion sia riuscito a mantenere un segreto. Suppongo che Hannah gli abbia fatto togliere l'uniforme scolastica non appena tornato a casa.

«Zion di solito non sa tenere un segreto» dice Nikita. «Ma ha dimenticato di parlare del gelato. C'è qualcos'altro che dovrei sapere?»

«Sono passato al bar e l'ho portato a bere la sua prima birra.»

«Va bene, adesso so che stavi scherzando.» Nikita piega le braccia sul petto in segno di difesa, ma non sembra arrabbiato con me. «Grazie per esserti preso cura di lui e per avermi aiutato. So che non ti piacciono i bambini.»

«Non ho mai detto questo.» Metto giù la penna. «Ho detto che non ho mai avuto a che fare con i bambini.»

«Ti stai offrendo come babysitter?» scherza Nikita. «Zion ha detto cose meravigliose su di te. Ti ha dato cinque stelle.»

«Oh, adesso mi valuta pure?» Sarebbe come se Nikita cercasse di rigirare la frittata e convincermi a guardare il bambino mentre lui esce con Lucy. Non commento la sua domanda, non volendo dire al mio capo che non se ne parla nemmeno.

«Sono parole di Zion, non mie. Torneremo sull'argomento, ma considera la mia richiesta. Siamo disposti a pagarti.»

Scuoto la testa. «No, grazie. Preferisco essere attaccato da scorpioni e tarantole.»

Nikita fa una smorfia. «Ahi. Beh, indossa un preservativo, così non avrai un piccolo scorpione in giro.»

Sbuffo sottovoce. Non può sapere di Savannah. È passato solo un giorno da quando è stata assunta. «Lo terrò presente la prossima volta che esco.»

«Bene, fallo» dice Nikita con un sorrisetto.

È impossibile che sappia cosa è successo con Savannah ieri sera, o per essere precisi, stamattina presto. Se n'era già andato da un pezzo prima che ce ne andassimo insieme. A meno che Dmitri non abbia detto qualcosa; è stato l'ultimo ad andarsene. Potrebbe avermi visto dare un passaggio a Savannah.

Dovrò stare più attento quando sono al club. L'ultima cosa al mondo che voglio è che le altre ragazze la mettano in difficoltà o che pensino che le stia riservando un trattamento speciale.

Nikita chiude la porta uscendo dal mio ufficio. Guardo l'orologio. Devo essere in pista a tenere d'occhio gli avventori e le ragazze, per assicurarmi che il locale funzioni senza intoppi. Apro il cassetto della scrivania e ci infilo il registro, chiudendolo a chiave prima di uscire dal mio ufficio.

Chiudo la porta dell'ufficio ed esco dal corridoio diretto verso la sala. I tavoli sono pieni e le cameriere si danno da fare. Lucy non lavora stasera, il che non sorprende visto il suo recente infortunio. Il locale è affollato e siamo solo a metà settimana.

Per fortuna l'aria condizionata circola nel locale e il clima è confortevole per tutti. La Bailey è al centro della scena, mentre Savannah ancora non si vede. Probabilmente sta facendo un ballo privato con un ospite.

Ci sono telecamere in ogni cabina privata, per proteggere le ragazze. Mi fiondo nella sala di controllo per vedere cosa stia succedendo a Savannah. Abbiamo una sicurezza che controlla i monitor per garantire la sicurezza delle ragazze e per evitare che siano compromesse. Non possono andare a casa con nessun cliente o fare sesso con qualcuno mentre sono nel club.

Siamo un club per gentiluomini di alto livello, non un bordello.

Mi infilo nella sala di controllo e chiudo la porta dietro di me. Ci sono una dozzina di telecamere che sorvegliano la sala e ci sono divani, tavoli e piattaforme dove le ragazze ballano. Mi concentro sulle cabine private, non sulle sale VIP. È più che probabile che sia in una cabina con un cliente.

Mi viene l'acquolina in bocca quando guardo lo schermo. L'uomo contro cui si sta strusciando lo riconosco.

Inspiro affannosamente. È lo stesso signore del caffè di oggi pomeriggio. Non avevo notato quell'uomo con quell'abito costo a uno dei tavoli. Non può essere una coincidenza.

CINQUE

SAVANNAH

«Non dovresti essere qui» sussurro contro il suo orecchio.

L'agente speciale James Lexington è il mio supervisore. Dovrei riferire tutto quello che succede al club, ma non gli ho ancora potuto dare molte informazioni. L'ho incontrato prima al bar, quando ho rischiato di venir beccata da Anton.

Come diavolo ha fatto a trovare il nostro luogo d'incontro?

Dovremo cambiarlo, in un posto ancora più pubblico, dove sia meno probabile incontrare Anton. Non che mi aspettassi che si presentasse al caffè con un bambino! Deve avermi seguito, non posso credere non sia così, eppure come avrebbe fatto ad andare a prendere suo nipote in tempo?

Quando ho letto le informazioni sul suo passato c'era scritto che non aveva fratelli, il che rende strano possa avere un nipote. Che sia uno dei figli di un altro membro della Bratva? Non è una domanda che posso fare senza che Anton scopra che so tutto di lui, potrebbe svelare la mia vera identità.

Mi metto a cavalcioni su James nella piccola cabina. La stanza è eccessivamente rossa: tende rosse, un divano rosso e persino un'illuminazione rossa per creare l'atmosfera. C'è un tavolino di fronte al divano, che mi permetterebbe di avere una piattaforma nel piccolo spazio, se decidessi di ballare per lui.

Ci sono telecamere in ogni angolo di questo posto, ma non sono sicura se l'audio venga registrato o meno, quindi devo fare attenzione.

È il mio primo ballo privato. Chiunque altro, e sospetterei che nel caso sarebbe un uomo della Bratva, mi metterebbe alla prova. Ma James è qui per piacere, non per affari. Se si trattasse di affari, avrebbe trovato il modo di parlarmi in salotto o mi avrebbe lasciato un biglietto, non avrebbe pagato per un ballo.

Comincio dal tavolino. È di legno e regge facilmente il mio peso mentre i miei tacchi alti si appoggiano sul materiale sottostante.

«Cosa vuoi che faccia per te?» chiedo, tenendo la voce abbastanza alta perché i microfoni, se ci sono, o le guardie del corpo esterne possano sentire l'interazione. Non siamo in una suite privata. Le pareti ai lati del divano sono costituite da semplici tende rosse e scintillanti.

Vengo pagata al minuto, a intervalli di cinque, quindi il trascinare il tutto è sempre incoraggiato. Una delle ragazze mi ha fatto un rapido tutorial su come fare in modo che gli uomini implorino ciò che vogliono e, se non lo dicono subito, trascinare il più a lungo possibile per guadagnare di più.

«Voglio vederti nuda» sussurra James, fissandomi. Si allenta la cravatta e la sua mascella è praticamente a terra.

«Ci scommetto» lo prendo in giro con un sorrisetto. Non è possibile che abbia abbastanza soldi da guadagnarsi una sbirciatina alle mie parti intime. Ma il mio compito è quello di stuzzicarlo, eccitarlo e farlo sembrare credibile per le telecamere.

«Qual è la parte del mio corpo che preferisci?» chiedo, lasciando scorrere le dita sul mio petto, cercando di attirarlo.

Lui gracchia e si schiarisce la gola. James cerca di rimanere professionale, ma ha perso da tempo il confronto. Me ne spinge una manciata e io scuoto la testa. «Ti costerà di più se vuoi dare una sbirciatina a qualcosa.»

Le mie dita passano tra i capelli di James mentre lui si appoggia a me e i suoi occhi sono chiusi. È innamorato. Non ha una moglie a casa. Non ha figli. È single e ho sempre pensato che l'uomo preferisse il lavoro a una donna, ma onestamente adesso non ne sono così convinta.

Non ho mai visto questo lato di lui e una parte di me è dispiaciuta per l'uomo. Un'altra parte non vede l'ora di prendere i suoi soldi. Se è così stupido da entrare nel locale e chiedere un ballo a me, ne pagherà pesantemente il prezzo.

Abbasso la voce. Se ci fosse una registrazione audio, la musica in alto soffocherebbe il mio sussurro. «Cosa ci fai qui?»

L'FBI non dovrebbe essere qui, a indagare o a fare operazioni di nascosto mentre sono sotto copertura. Potrebbero mandare all'aria l'intera operazione. «Nuovo punto d'incontro» risponde James, altrettanto silenziosamente.

Non poteva trovare un altro modo per dirmi del cambiamento di luogo?

La sua mano esce e io la spingo di nuovo sul divano. «Non si tocca» avverto, con voce abbastanza alta da farla sentire sia a lui che alla guardia fuori.

«Scusa» si affretta a scusarsi James.

Mi struscio con i fianchi contro il suo inguine e lui non sfoggia l'arma. Cerco di ignorare l'urto che sento e il fatto che quest'uomo è un mio collega e uno dei miei più stretti alleati al Bureau. Deve sembrare credibile, nel caso in cui qualcuno ci stia guardando.

Ma allo stesso tempo, ho lo stomaco in subbuglio. E se Anton ci stesse guardando? Lo riconoscerà da stamattina? Si ricorderà che è stato James ad avergli tenuto la porta al bar?

Anton non è un idiota. Non la considererà una coincidenza. Questo piccolo contrattempo potrebbe rovinare l'indagine o farmi uccidere.

«Non dovresti essere qui» gli sussurro all'orecchio. «Ti riconoscerà.» Scendo dal tavolo e mi metto a cavalcioni su di lui.

«Ne dubito. Ci sono più di otto milioni di persone a New York. Io sono solo un'altra faccia.»

James è presuntuoso e potrebbe finire che io venga interrogata o torturata dalla Bratva. «Dove ci incontreremo?» continuo, desiderando che questo ballo finisca. Più rimane nella cabina, più aumenta la possibilità che Anton lo scopra al club. Deve andarsene.

«Qui» dice James con un sorriso sornione.

«Non funzionerà. Ti ha già visto in faccia. Sei fortunato a non essere morto. Manda Barrett.»

«Vuoi ballare per il nostro capo?» mi provoca James, e giuro che se dovesse parlare ancora più forte non avrò altra scelta che ucciderlo.

«Anton mi tiene d'occhio» sussurro mentre le mie unghie gli sfiorano il cuoio capelluto. «Barrett può passarmi un biglietto. Ma devi darmi uno dei tuoi biglietti da visita. Mettilo tra le banconote piegate» gli dico.

I suoi occhi si stringono, ma non risponde. Scendo dalle sue ginocchia e tendo la mano, chiedendo il pagamento. Siamo pagati a scaglioni di cinque minuti e, mentre per la maggior parte dei clienti continuerei a stuzzicarli per farmi pagare ancora di più, James deve andarsene.

Scendo dalle sue ginocchia e lui mi tira addosso un paio di banconote da venti in più, brontolando.

«Non devi tornare qui» dico, mentre James si alza e spinge via la spessa tenda rossa, uscendo dalla stanza.

Aspetto che James si diriga verso il corridoio prima di scostare la tenda di brillantini e trovarmi faccia a faccia con Anton.

Stringo le labbra e faccio un sorriso timido. «Sei qui per un ballo?» Prego che non abbia sentito una parola tra me e James.

Anton si spinge in avanti nella cabina, senza scusarsi minimamente, e io indietreggio verso il divano, impedendogli di sbattermi contro. Lo spazio non è enorme e lui ne occupa il più possibile.

«Ho visto quell'uomo prima: chi è per te?» Anton mi spinge sul divano e mi impedisce di uscire dalla stanza.

Rido, scrollando la sua domanda e ignorando la sua brutalità. «Hai intenzione di ballare per me?» Mi stringo il labbro inferiore tra i denti. Mi piacerebbe vedere Anton ballare, ma non credo che lo farebbe, e di certo non davanti a una telecamera.

Le sue narici si dilatano mentre sogghigna al mio suggerimento e la sua mano mi cinge il collo, abbastanza da interrompere l'afflusso di sangue, ma senza schiacciarmi la trachea. L'ha già fatto in passato. «Dimmi, gattina, chi era quell'uomo?»

Le mie braccia si agitano mentre lo colpisco sul lato della testa, cercando di liberarmi. Lui rilascia la presa e mi fissa con lo sguardo.

«FBI» rantolo. Il cuore mi batte all'impazzata contro il petto mentre riprendo fiato.

«È dell'FBI?» Anton mi guarda su e giù, convinto che non stia mentendo. «Cosa voleva?»

Non ho paura di Anton. Dovrei averne, considerando che potrebbe uccidermi, disfarsi di me e nessuno troverebbe mai il mio corpo.

Rivelo ad Anton il biglietto da visita, che dimostra che James è un agente federale. «Mi ha detto che siete della mafia russa» dico.

«Noi preferiamo il termine Bratva.» Lo sguardo di Anton si stringe mentre mi fissa. «Cos'altro ti ha detto, gattina?»

«Che non devo fidarmi di te.»

Anton ridacchia sottovoce. «Non dovresti infatti. Sono un uomo pericoloso.»

«Non mi fai paura» sussurro, salendo sulle sue ginocchia e mettendomi a cavalcioni su di lui.

«Ci sono le telecamere» avverte Anton.

Ma a me non importa.

Lasciamo che guardino.

«Non ti piace il voyeurismo?» Lo stuzzico e trascino le dita tra i suoi capelli e lungo la mascella, dolcemente e lentamente. Non voglio che senta che sono una minaccia per lui o per gli uomini con cui lavora.

Lui brontola e mi spinge via dal suo corpo. «Mi stai distraendo.» Si alza e si mette dall'altra parte del tavolino, mantenendo una solida distanza tra noi. Anton si strofina la fronte prima di accarezzarsi la mascella. È inquieto e infastidito dalle informazioni che gli ho dato.

Ha paura che lo seduca se ci avvicinassimo troppo?

Ho bisogno che si fidi di me, magari se pensa che l'FBI lo stia sorvegliando e che io sia un suo alleato, forse mi darà un po' più di responsabilità e mi rivelerà alcuni dei segreti che nasconde.

«Se non c'è altro, ho dei clienti da intrattenere» dico. Mi alzo e lui mi ringhia contro.

«Siediti.»

Mi accascio di nuovo sul divano. Non riesco a capire se è geloso o arrabbiato. Si dirige verso il divano e spinge via il tavolo, venendo in piedi di fronte a me.

«Dimostrami la tua fedeltà» mi ordina.

Lo fisso in alto. «Vuoi che ti faccia un pompino?»

Lui ringhia e mi afferra per i capelli, tirandomi giù per sdraiarmi sul divano mentre si mette a cavalcioni su di me. «Non offrire mai una cosa del genere a un uomo nel mio club!»

Con lui che mi stringe i capelli nel pugno, non posso scappare o oppormi. E sono cauta nel combattere, sapendo che potrei facilmente rivelare chi sono o il mio addestramento nell'FBI.

«Voglio la tua obbedienza e la tua sottomissione» esige. La sua mano sinistra mi afferra i capelli mentre la destra si stringe intorno al mio collo.

«Ce l'hai» sussurro, fissandolo.

Lui non stringe. Trova il mio punto di pulsazione, con gli occhi interamente puntati sui miei. «Tu non mi temi» dice, rendendosi conto che non sto lottando per scappare, per liberarmi o per implorare la mia vita.

«Non ho motivo di temerti. Dovrei?» chiedo. La mia vita è nelle sue mani. È un gioco pericoloso, ma non si aprirà mai con me se non gli dimostro che mi fido di lui.

La sua bocca preme contro la mia e la sua lingua supera le mie labbra. Se si trattasse di un qualsiasi altro uomo del locale, un simile comportamento mi ripugnerebbe, ma con Anton voglio che mi tocchi.

È completamente vestito, ma sento il suo cazzo premere contro di me. «Voglio che mi scopi» sussurro, cercando di abbassare la voce in modo che solo lui possa sentirmi.

Anton ringhia prima di mollare la presa e scendere da me. Il sudore gli imperla la fronte. La stanza è soffocante. «Torna al lavoro» ordina e spinge le tende da parte mentre scompare dalla stanza.

———

Il resto della serata è molto meno movimentato. Faccio qualche lap dance, ma nessuna è troppo memorabile dopo quello che è successo prima. Sono ancora in fibrillazione per il fatto che Anton abbia scoperto di James e mi abbia interrogata su di lui.

Quando la serata volge al termine e il locale chiude, mi dirigo verso il camerino per indossare i jeans e la camicia rosa. Prendo il mio piccolo borsone contenente un paio di vestiti in più, il mio trucco e tutti i miei prodotti per il lavaggio del viso. Ho i brillantini sulla pelle, a differenza di ieri sera, quando ho usato un trucco più leggero, non avendo portato molto di mio.

La mia pochette è nascosta nel borsone, insieme al telefono. Prendo il cellulare e ordino un taxi, nel caso Anton fosse già partito, ma spero che mi abbia aspettato.

Uscendo dal camerino, mi dirigo lungo il corridoio verso il suo ufficio e busso prontamente. La porta si apre cigolando. Non era stata chiusa bene.

Anton è dietro la sua scrivania. Le maniche sono arrotolate e la giacca è appoggiata sulla sedia di fronte a lui. Non voglio essere invadente, inizialmente avremmo potuto parlare di mangiare un boccone dopo la chiusura del locale, ma le cose sono cambiate: è arrivato James.

Non avevo intenzione di dirgli che James fosse dell'FBI, ma immaginavo di dover fare qualcosa se Anton avesse avuto dei sospetti. Per questo ho insistito perché James mi lasciasse il suo biglietto da visita, per rassicurargli che stessi dicendo la verità.

Anton ha le sopracciglia serrate e sembra un po' confuso.

«È già ora?»

Guarda l'orologio al polso e mette giù la penna. Chiude il registro su cui sta lavorando e apre il cassetto superiore della scrivania, infilandolo dentro. Chiude il cassetto dietro di sé e si alza.

Anton esce da dietro la scrivania e si sistema le maniche. Prende il cappotto e se lo infila, mentre mi accompagna fuori.

Le altre ragazze se ne sono già andate. Il locale è spoglio e, mentre usciamo, noto che nel parcheggio c'è un solo veicolo, quello di Anton.

Lui apre le porte del SUV e io apro il sedile posteriore, mettendo il borsone sul pavimento dietro il mio sedile. Manovro con cura il dispositivo di localizzazione. L'avevo tenuto nel palmo della mano, sotto la cinghia del borsone.

Lo infilo sotto il sedile del passeggero. Spero che nessuno se ne accorga.

Sbatto la porta posteriore e salto sul sedile anteriore, allacciando la cintura di sicurezza.

«Pronta?» mi chiede. Il motore si accende e stringe le mani sul volante, aspettandomi con attenzione.

«Stesso posto di ieri sera?» Non so cosa ci sia di aperto a quest'ora. La maggior parte della città dorme e i pochi posti aperti non sono nelle zone migliori della città.

«Ho in mente un altro posto. Ti fidi di me?»

Inspiro bruscamente. «Mi fido.»

«Bene.» Si dirige fuori dal parcheggio, senza darmi alcuna indicazione su dove stiamo andando. La città scompare man mano che ci allontaniamo dalla città.

Ha intenzione di portarmi in un posto isolato e di uccidermi? Ha capito che sono un agente dell'FBI?

Mentre mi sposto sul sedile anteriore, cerco di non mostrare disagio: lo stomaco brontola.

«Siamo quasi arrivati» dice.

Non faccio notare che non si vede nulla per chilometri. Ci sono strade aperte, foreste e alberi che ci circondano: il posto perfetto per una discarica di cadaveri.

C'è un'arma, sepolta in fondo al mio borsone, ma è sul sedile posteriore. «Che ci facciamo qui fuori, Anton?»

Il sorriso ha abbandonato il mio volto ed è stato sostituito dal terrore.

«Sembri preoccupata» dice e mi lancia un breve sguardo prima di riportare la sua attenzione sulla strada. «Perché? Non ti fidi di me?»

«Non ci sono ristoranti aperti qui in giro.» Non mi preoccupo di dire che è tardi e che il sole sorgerà presto.

«C'è una barretta proteica nel cruscotto.»

Apro il vano portaoggetti e, come è ovvio, c'è una barretta proteica nascosta all'interno. Non è l'unica cosa che noto sbucare da sotto il libretto di circolazione e i documenti. Vedo anche il metallo luccicante di una pistola.

Non faccio commenti sulla pistola, fingendo di non notarla quando afferro la barretta proteica e chiudo il vano portaoggetti. Non posso prendere la pistola senza che Anton se ne accorga, e l'ultima cosa che voglio è che ci porti fuori strada, lottando contro di me per l'arma.

«Ne vuoi metà?»

Gli offro una parte dello spuntino.

«No, grazie.»

Si allontana dalla strada per imboccare un piccolo sentiero. È stretto e buio. Non c'è la vista di un solo veicolo da chilometri, anche se, del resto, è notte fonda. Quando arriva alla destinazione prevista, spegne il motore.

«Siamo arrivati» dice.

Lo guardo e poi torno al portaoggetti. Ho solo una possibilità. Apro il vano, prendo la pistola, tolgo la sicura e gliela punto contro. Non mi arrenderò senza combattere.

SEI

ANTON

«Che diavolo stai facendo, Savannah?» È la prima volta che non la chiamo con il nomignolo che le ho dato.

Perché cazzo ha rubato la mia pistola? E perché me la sta puntando contro?

«Dimmelo tu! Mi hai portata nel bel mezzo del nulla.»

Vorrei davvero non aver caricato la pistola. Ha tolto la sicura, quindi sembra sapere cosa stia facendo, e le sue mani non tremano. È l'adrenalina o qualcos'altro?

«Ti ho portata qui per andare in campeggio» le dico. «L'attrezzatura è nel bagagliaio. Puoi dare un'occhiata se vuoi.»

Il suo sguardo si sposta da me al retro del SUV. Da qui non si può vedere il contenuto del bagagliaio e io non ho portato tutta quella roba. Avevo in mente di fare un po' di vita dura con lei. Volevo dormire sotto le stelle per conoscerla, ma ho pensato che una tenda sarebbe stata utile se gli insetti fossero stati di troppo.

«Davvero? Campeggiare al secondo appuntamento?»

«Non sapevo che uscissimo insieme» dico e faccio un sorriso, cercando di disarmarla emotivamente.

Spero di riuscire a recuperare la pistola se riesco a farle capire che non sono poi così male. Probabilmente è agitata dopo che quello stupido agente dell'FBI si è presentato al club, mettendole in testa pensieri spaventosi su chi siamo e cosa facciamo.

«Ho solo pensato» il suo naso si arriccia e un'espressione di irritazione le attraversa il viso, «che mi avessi portato qui per uccidermi...»

«Perché dovrei farlo?» chiedo, con voce calma e uniforme. Quell'agente dell'FBI è entrato nella sua testa. «È questo che ti ha detto quell'uomo? Che io uccido le persone.»

«Non con così tante parole» sussurra Savannah. La sua fronte si aggrotta e abbassa lentamente la pistola. La prendo e rimetto la sicura prima di rimetterla nel cruscotto.

«Stamattina mi stava seguendo» dico, cercando di spiegarle meglio che posso quello che so. «L'ho visto al bar quando ci siamo incrociati. Non è possibile che sia stata una coincidenza.» È la prima volta che ricordo di averlo visto prima del Club Sage. «Deve averci visto insieme e ha pensato di arrivare a me attraverso te.»

Devo stare più attenta, soprattutto se i federali stanno curiosando, seguendo il mio culo e molestando le ragazze del club.

«Non gli ho detto niente» dice Savannah, con voce più morbida, più calma. «Mi dispiace di averti puntato la pistola contro.»

«Anche a me.»

Mi passo una mano tra i capelli spettinati e faccio una risata di gola. Non avrei mai pensato di vedere il giorno in cui una delle ballerine mi avrebbe sottratto la pistola e avrebbe avuto l'opportunità di uccidermi. Non mi sarei mai aspettato di andare a letto con una di loro.

Espiro un respiro pesante. «Vieni a guardare le stelle con me» dico e scendo dal veicolo. L'aria nel SUV è pesante e opprimente per quello che è appena successo. Ho bisogno di un po" di distanza e di spazio, non necessariamente da Savannah, ma da tutto quanto.

Voglio lasciarmelo alle spalle.

Ma non posso.

Faccio parte della Bratva. Sono i miei fratelli e non potrò mai sfuggire alle loro grinfie. Non che sia tutto negativo. Mi piace lavorare per Nikita e Mikhail è un ottimo Pakhan. Non ho nulla da obiettare sul fatto che sia lui a dirigere lo spettacolo. Sarebbe solo bello non doversi guardare alle spalle e preoccuparsi ogni giorno che il mio culo possa finire in prigione per le stronzate che ho fatto.

Un'altra vita, forse. Se si crede in questo genere di cose.

Apro il bagagliaio e il coperchio si solleva, rivelando il contenuto della macchina. Savannah passa dal lato del passeggero e si mette in piedi vicino a me, notando la tenda. «Come fai a sapere che amo il campeggio?»

«Ho tirato a indovinare» rispondo. Poteva anche essere il tipo di donna che non ama le cose all'aperto, ma se anche fosse stato il caso, avremmo comunque potuto sdraiarci per ammirare il cielo stellato. Non c'è mai stata una donna che abbia rifiutato di farlo con me. Non che sia una cosa che succede spesso, ma anch'io sono stato giovane, una volta, qualcosa che sembra una vita fa.

Prendo la borsa con la tenda e i pali e la tiro fuori dal SUV. C'è una radura nella foresta, un punto perfetto per campeggiare sotto le stelle. La mia tenda permette di guardare il cielo anche dall'interno; quindi, è perfetta per una dormita sotto le stelle.

Usando i fari del veicolo, in pochi minuti preparo e monto la tenda, lanciandoci dentro un sacco a pelo, aprendolo e per poterci farci stare entrambi. Prendo un secondo sacco a pelo, sistemandolo come fosse una copertina nel caso avessimo freddo.

«Viene a stenderti sotto le stelle con me.»

Non aspetto nemmeno la risposta di Savannah. Le prendo la mano e la tiro con me, per farmi seguire nella tenda.

Ci infiliamo nel sacco a pelo e appoggio la testa sul grande e morbido cuscino. Savannah si accoccola accanto a me, condividendo il cuscino mentre guardiamo il cielo notturno.

Voglio che si rilassi e liberi. Ma voglio anche che mi dica tutto ciò che l'agente dell'FBI le abbia detto questa sera. Ho bisogno di sapere quanto i federali sanno di noi e quante notizie hanno sulle nostre attività, se hanno prove di alcun tipo. Immagino non molto, o avrebbero già fatto un blitz nel locale.

Lei guarda in alto, verso il cielo. C'è come una pesantezza che aleggia su di lei.

Che sia stanchezza?

Si è fatto ormai più tardi delle prime ore del mattino e presto il cielo notturno ci offrirà una splendida alba, anche se sarà difficile vederla bene tra gli alberi. La radura ci dà una perfetta vista verso l'alto ma ostruisce tutto ciò che ci circonda, con ombre danzanti e rami intrecciati che proseguono per miglia in ogni direzione.

Faccio scorrere le mie dita sul suo braccio, una dolce carezza sulla sua pelle nuda mentre la attiro più vicina a me e mi volto su un lato. Voglio baciarla, divorarla e mostrarle cosa significhi essere venerata da un uomo ossessionato da lei.

«Mi dispiace di aver dubitato di te» dice Savannah, la voce poco più di un sussurro.

«Ti è entrato nella testa, tutto qui.» Non è che Savannah lavori per me da anni o sia parte della Bratva. È probabilmente la più facile da manipolare, e probabilmente era questo che quell'idiota di un federale stava cercando di fare.

Savannah emette un pesante sospiro. «Sei pericoloso?»

La sua domanda mi coglie di sorpresa. Mi aspettavo mi avrebbe chiesto degli affari, se avessi mai ucciso qualcuno prima o cosa facessimo come Bratva.

«Non ti farei mai del male, gattina» le rispondo. «Non devi temermi.»

Non puntualizzo che se mi dovesse tradire o rivelasse qualcosa su di me all'FBI, sarei costretto a ucciderla.

Sono pericoloso.

Spietato.

Crudele.

Selvaggio.

Mi hanno dato ogni sorta di nome in tutti gli anni in cui sono stato fedele a Mikhail e alla Bratva. Ma non uccido per sport. Non sono un animale. Le mie decisioni sono ponderate e pianificate.

«Ma tu sei pericoloso» dice e gira la testa, con gli occhi puntati su di me.

«Non ti mentirò.» Non c'è motivo di nasconderle la verità su chi sono. Quello stupido agente federale le ha già rivelato i miei segreti. «Ho fatto cose di cui non vado fiero, ma ho sempre protetto la mia famiglia prima di ogni altra cosa.»

Cos'altro le ha detto?

Mi si rivolta lo stomaco mentre la guardo e mi rendo conto che ha troppi vestiti addosso e che, se è stata avvicinata dall'FBI, potrebbe avere un microfono.

Non c'erano veicoli che ci seguivano durante il tragitto. Non c'è nessuno qui fuori per chilometri in qualsiasi direzione. Ma se stesse registrando la nostra conversazione, potrebbe consegnarla ai federali.

Devo essere sicuro che posso fidarmi di lei.

Le mie dita sfiorano i suoi fianchi e il suo stomaco, tracciando un percorso ruvido e caldo sulla sua pelle. Ho bisogno di vedere che non sia turbata e che non ha nulla da nascondermi.

Lascio che il mio palmo sfiori delicatamente il suo stomaco prima di guidare la mia mano sotto la sua camicia. C'è spazio a sufficienza per vedere se ha un filo elettrico legato o infilato nel reggiseno.

Sento solo la pelle morbida e un gemito che le sfugge dalla gola. «Non mi tradiresti mai, gattina, vero?»

Il mio palmo si strofina sul suo seno. Indossa il reggiseno, a differenza di ieri sera, quando era vestita in modo elegante. Non che abbia un abito da sera, ma è in jeans, invece che in tuta, e con una bella camicia.

Non mi illudo che si sia vestita così per me. Sarebbe ridicolo. Conosco appena la ragazza, ma sto memorizzando ogni centimetro del suo corpo mentre le massaggio il seno e con l'altra mano le slaccio il reggiseno.

La stoffa è sottile e di pizzo. È troppo buio per vedere com'è, sotto il cielo notturno. La luna è a metà, offre a malapena un po' di luce attraverso gli alberi.

L'ha indossato per me?

Le tolgo la camicia, sollevandola sopra la testa, e il reggiseno scivola via dalle braccia, senza rivelare alcun filo. Sono sollevato dal fatto che non stia lavorando segretamente con i federali.

Savannah mi allenta la cravatta e libera lentamente i bottoni della mia camicia. Mi sfilo la giacca e la appoggio accanto a noi, sul pavimento della tenda. Avrei dovuto indossare qualcosa di più pratico per il campeggio, ma non volevo far capire a Savannah dove stessimo andando.

D'altronde, non è che dobbiamo fare un'escursione o passare ore e ore sui sentieri. Dovevamo preparare la tenda, poi andremo a fare colazione e domani torneremo in città.

Savannah si arrampica sui miei fianchi, mettendosi a cavalcioni su di me, mentre libera frettolosamente i bottoni e mi toglie la camicia prima di chinarsi e coprire le mie labbra con le sue.

Ha un sapore dolce, come il miele e le mandorle. Le mordicchio le labbra e mi rotolo su me stesso, stringendola sotto di me.

I suoi occhi brillano nell'oscurità mentre sollevo i fianchi e le sbottono i jeans, guidandoli verso il basso e sfilandoli. Le sue mutandine sono dello stesso materiale del reggiseno. C'è pizzo lungo i lati e seta sul davanti.

Mi prudono le dita per strapparle le mutandine, ma invece trascino il momento, voglio sentire i suoi gemiti e le sue suppliche. Mi piace guardarla inquieta e bisognosa delle mie mani. C'è qualcosa di appagante nel sapere che l'ho resa così.

«Anton» sussurra il mio nome con quella voce sensuale e calda che mi provoca una scossa di elettricità.

Voglio farla bruciare di desiderio, farle gridare il mio nome, senza alcuna inibizione. La sua attenzione si concentra su di me, mi spoglia, mi aiuta a togliermi i pantaloni in modo da essere nudo insieme a lei. Mi tolgo i pantaloni di lato e mi sistemo tra le sue cosce.

Le sue unghie mi graffiano la schiena mentre si agita per l'attesa. Senza dubbio è stanca, ci sono ancora macchie di brillantini sulla guancia, sui capelli e probabilmente su tutto il corpo. Al club non c'è una doccia e lei non ha avuto il tempo di correre a casa a pulirsi. Mi vedrò i brillantini addosso per tutta la prossima settimana, ma non me ne frega un cazzo.

Voglio solo essere sepolto dentro di lei.

Desidero il suo tocco, il suo corpo incastonato nel mio. Dopo l'esperienza di ieri sera, lei è come una droga e io ho bisogno della mia prossima dose.

Mi darà quello di cui ho disperatamente bisogno... ovvero, *lei*?

La mia bocca sfiora il suo ventre, mentre le pizzico e bacio i fianchi, tirandole giù le mutandine con i denti.

Ansima e le sue dita si aggrovigliano tra i miei capelli mentre solleva i fianchi per permettermi di toglierle le mutandine. Ringhio per la sua impazienza ed esploro ogni centimetro del suo corpo, assaggiandola e ascoltando i suoi ansimi sommessi e le sue suppliche, quando chiede di più.

I gemiti e i suoni che emette mi fanno impazzire e in breve tempo si stringe intorno alle mie dita. Voglio essere sepolto in profondità dentro di lei. Risalgo sul suo corpo, liberandomi dell'ultimo brandello di vestiti, i boxer. Cerco il portafoglio per prendere un preservativo prima di posizionarmi al suo ingresso.

Le sue gambe sono piegate e i suoi occhi faticano a rimanere aperti. Ogni respiro è pesante e rauco, mentre mi aspetta.

Non voglio schiacciarla. È delicata rispetto a me, dolce e perfetta. La riempio, seppellendola in profondità. Mentre entro in lei, lei geme e i suoni che emette mi fanno impazzire.

Ogni spinta diventa più intensa.

Più calda.

Vibrante.

Come il combustibile gettato sul fuoco.

Le sue unghie mi graffiano la schiena e scendono fino al sedere, segnandomi.

L'imminente esplosione si abbatte su di me. Le sue viscere fremono e lei si stringe e rabbrividisce, spasimando intorno a me. Sono con lei, sull'orlo dell'oblio, cadendo e ansimando mentre il cuore mi batte contro la cassa toracica.

La perfezione.

————

Sono passate settimana, ma non c'è traccia dell'uomo dell'FBI. Non è tornato al club e io sono stato a casa di Savannah ogni sera, sorvegliando il posto per assicurarmi che i federali non la stessero seguendo. E come bonus, mi ritrovo con lei tra le lenzuola.

Ho pensato di andare da Mikhail e chiedere a un collaboratore di basso livello di seguirla e assicurarsi che non venga molestata durante il giorno, ma questo implicherebbe che i federali siano un problema. E non voglio credere che lo siano. Ha detto all'agente James Lexington che non era interessata a lavorare per loro e loro l'hanno lasciata in pace.

Almeno, questa è la storia che mi ha raccontato, e non ho ancora trovato alcuna prova del contrario.

Ma resto vigile e cauto.

Del resto, se Savannah non ha accettato di lavorare con i federali, ciò significa che potrebbero riprovarci con un'altra delle ragazze del club. Mi dirigo su per le scale che portano all'ufficio di Nikita.

Busso prontamente e apro la porta non appena sento il borbottato «Avanti.»

«Hai un momento?» chiedo. Che lo abbia o meno, lo sto già interrompendo. Mi sono interrogato se dovessi dire a Nikita della talpa che sta molestando una delle nostre ragazze. Ma dirglielo potrebbe far venir fuori che Savannah e io ci stiamo vedendo da un mese ogni notte, forse da anche più tempo.

Non ho tenuto il conto. Non riesco a ricordare la data esatta in cui ci siamo conosciuti, solo ciò che ne è venuto fuori. Non sono un tipo sentimentale. Non ho mai festeggiato San Valentino o mandato fiori come parte di un bel gesto romantico.

«Bene, volevo giusto scambiare due paroline con te» dice Nikita. «Accomodati.»

Mi indica una delle sedie di fronte alla scrivania.

Faccio come mi dice. Nikita incrocia le mani davanti a sé, sul tavolo di legno. «Tu e Savannah sembrate essere piuttosto affiatati.»

Siamo sempre gli ultimi ad andarsene e Savannah arriva presto a lavoro. Ho sempre pensato fosse per passare qualche minuto con me, ma può non essere necessariamente per quello.

Potrebbe tranquillamente arrivare in ritardo, sicuramente non le direi nulla.

Ma forse dovrei.

Forse le altre stanno diventando sospettose. È questo che sta cercando di dirmi Nikita?

«Sono intimo con tutte le ballerine. Mi piace pensare che possano venire da me se avessero dei problemi.»

Nikita aggrotta le sopracciglia. Non si è bevuto mezza stronzata.

«Ammettilo. Ti stai scopando la nuova assunta.»

«Ti sbagli.» La bugia mi esce facilmente dalle labbra, nemmeno io riesco a crederci. Non dovrebbe avere importanza, a parte il fatto che mischiare piacere e lavoro non è ben visto da queste parti. Abbiamo delle regole rigide riguardo le ballerine e il non fraternizzare con lo staff.

Mikhail non vuole alcun tipo di denuncia per molestia sessuale o spendere infiniti soldi in diatribe legali. Ma Savannah non è alla ricerca dei nostri soldi, tanto meno dei miei, per quel che ne so. È diversa da ogni altra ragazza con cui sia mai stato a letto.

E ho avuto un discreto numero di donne.

«Preferisci che usi la parola 'frequentare'?» mi stuzzica Nikita.

«Ti stai sbagliando.»

Serro la mascella. Non voglio che questa cosa finisca alle orecchie di Mikhail o chiunque altro.

Con un gesto della mano, scrolla la discussione. Non sono certo si sia convinto che siamo solo colleghi, ma non continua l'interrogatorio. «Al di là di tutto questo, le ragazze verranno qui, stasera.»

«Cosa?»

Questa sua affermazione mi ha colto di sorpresa. Non che dovrebbe importarmi, ma mi piace restare informato su quando il capo viene nel club. Bisogna stendere il tappeto rosso, per lui.

«Madisyn, Hannah e Lucy. Festeggiano il fidanzamento di Hannah.»

«In un night-club?»

«Sai che Mikhail tiene sempre il guinzaglio stretto a Madisyn. Vuole assicurarsi che le ragazze siano al sicuro, e siccome non abbiamo uno strip club con ballerini uomini, questa era l'opzione migliore. A ogni modo, falle sentire le benvenute.»

«Non mi spoglierò per loro.»

Nikita ridacchia alla mia battuta. «Non è quello che ti sto chiedendo. Non voglio vederti nudo nemmeno io, figurati i nostri clienti.»

«Bene» replico, passandomi una mano tra i capelli.

«Di cosa volevi parlarmi?» mi chiede Nikita.

«Niente di cui non possa occuparmi da solo» rispondo.

Dovrei forse menzionare il fatto che i federali sono stati in giro per il club, cercando di arrivare tramite Savannah? Si incazzerebbe se lo scoprisse in altro modo, ma a quel punto dovrei uscirmene pulito sul fatto di andare a letto con noi.

È questo che stiamo facendo, no? Solo andare a letto insieme?

Sembra esserci qualcosa di più, ma sono stato attento a mantenere il segreto solo per me. E sorprendentemente, Savannah non ha spinto per avere qualcosa di più. Pensavo avrebbe voluto conoscere i miei amici, o suggerire di passare da me, ma nessuna di queste conversazioni è mai venuta fuori.

E di questo le sarò eternamente grato. Non che possa invitarla al complesso. Ci sono delle regole su queste cose. Non che qualcuno le segua davvero. Nikita e Luka sembrano infrangerle spesso, e da quello che so non ci sono mai state troppo conseguenze da parte di Mikhail. Ma sono molto più vicini a lui di quanto lo sia io.

Passo ancora dal complesso per avere vestiti freschi, una doccia e a volte fare un pisolino perché la donna mi tiene sveglio tutta la notte, ma ne vale la pena.

Lei ne vale la pena.

Forse è per questo che Nikita sembra aver capito che sto frequentando qualcuno. Raramente torno a casa per dormire a un'ora ragionevole.

Non ha torto, ma non ho intenzione di confessargli questo o altro.

«Mi assicurerò di dare alle ragazze un caloroso benvenuto» dico ed esco dal suo ufficio, esalando un respiro affannoso.

Perché sono nervoso? Non dovrebbe essere nulla di che se scoprisse che esco con una delle ragazze. Non mi sparerebbe per questo. Licenzierebbe forse Savannah o, peggio, mi costringerebbe a licenziarla?

Bailey e Ava ballano sul palco. Chloe, Violet e Missy si aggirano per il locale. Chloe e Violet stanno parlando con un piccolo gruppo di uomini, flirtando, stuzzicandoli e invitandoli a un ballo privato. Missy sta ballando al tavolo per uno dei nostri clienti abituali. Sta cercando di attirarlo nella sala VIP, non solo per un ballo privato.

Savannah non è in vista. Sospetto che stia facendo una lap dance a uno dei nostri clienti in una cabina privata. Una parte di me vorrebbe guardare, osservare i nastri, o aggirarsi vicino alle tende rosse e ascoltare i suoni che vengono emessi.

Ma devo lasciarle fare il suo lavoro se no Nikita avrebbe ragione: mischiare lavoro e piacere è un male. Me l'aveva detto fin dall'inizio, quando ero stato chiamato a dare una mano al Club Sage. L'ho sempre considerato un mentore e un amico, non solo il mio capo severo.

Non c'è ancora traccia di Madisyn, Hannah o Lucy. Guardo l'orologio. Nikita non mi ha detto a che ora sarebbero arrivate, ma sono sicuro che sarà da un momento all'altro.

Mi dirigo verso il mio ufficio e prendo la chiave per aprire la porta quando noto che la maniglia gira facilmente.

È aperta.

Apro la porta e Savannah si trova dietro la mia scrivania, in piedi, con il cassetto leggermente aperto e il registro aperto, esaminandolo.

«Che cazzo stai facendo?»

SETTE

CAPITOLO SETTE

Savannah

«Niente, voglio dire...»

Oh, merda, sono fottuta.

Non ho una scusa ragionevole per spiegare perché stessi curiosando nel suo ufficio, esaminando il registro alla ricerca di prove.

Si sbatte la porta alle spalle e giuro che la stanza trema al chiudersi con forza della porta. I pochi quadri appesi alle pareti tintinnano, e non è per la musica che pulsa nel locale.

«Non è come pensi» dico ed espiro un respiro calmo. Ho bisogno che creda che non lo sto tradendo perché mi ucciderebbe se scoprisse la verità.

«Dimmi che cosa penso» dice Anton e si avvicina di più, arrivando a portata di mano. Mi sovrasta e lancia una breve occhiata per confermare i suoi sospetti sul fatto che stessi esaminando il libro mastro.

E non si tratta di un libro mastro qualsiasi. È quello che lo lega al riciclaggio di centinaia di migliaia di dollari attraverso il club. Un club di questa portata, anche a New York, non porta a casa una cifra a sei zeri alla settimana.

O forse sì, ma lo fa legalmente.

Il Club Sage è sporco e io posso distruggere Anton con queste informazioni.

Ma mi si annoda lo stomaco al pensiero che scopra chi sono e il mio tradimento. Non sarà facile, ma non me lo sarei mai aspettato così presto.

«Ricordi quando ti ho detto che ho frequentato contabilità?»

«Dove ti sei ritirato al primo anno.»

Accidenti, se lo ricorda. Chi ha detto che gli uomini non ascoltano? Perché Anton non poteva essere uno di quegli uomini?

«Ho una passione per i numeri. Mi piace guardarli, esaminarli e cercare di dargli un senso. È una delle mie manie» dico e storco il naso come se gli stessi rivelando un segreto.

Il volto di Anton non si scompone. Non sorride. «Hai una passione per i numeri?»

Non sono sicura che mi creda.

Diavolo, io stessa ci credo a malapena.

«Fogli di calcolo, libri contabili, mi fanno eccitare» dico, cercando di attenuare i suoi sospetti. «E stasera ci sono un sacco di uomini ricchi in giro. Stavo cercando di entrare nell'atmosfera, e dato che non eri nel tuo ufficio...»

«Che tu hai scassinato, aggiungo io...»

«Non è vero!» Tiro fuori la chiave. «Mi hai dato una chiave di riserva un paio di sere fa, in modo che potessi prendere la tua borsa da notte mentre tu ti occupavi di qualcosa al piano di sotto.»

Annuisce vivacemente, sembra credere alla mia bugia.

«Sono felice di averti trovata. Nikita mi ha informato che questa sera abbiamo un gruppo di ospiti speciali, dei VIP, che verranno al club. Voglio che tu sia a loro disposizione per farli sentire a casa.» Anton guarda l'orologio. «Dovrebbero arrivare a breve.»

Sorrido, non sapendo chi vuole che intrattenga. «Certo» dico. «Arrivo subito.»

Lui aspetta vicino alla porta e io chiudo il libro mastro, fingendo di non essere interessata al contenuto come in realtà sono. Non che abbia con me il telefono, non c'è un posto dove nasconderlo nel mio abbigliamento, per poter scattare le foto necessarie all'FBI.

Ma almeno darci un'occhiata mi ha dato qualche informazione.

Se solo non mi avesse beccata.

Anton mi passa accanto, apre il cassetto della sua scrivania e vi infila il libro mastro piuttosto bruscamente. Tende la mano per la sua chiave di riserva, strappandola dalla mia presa. «Non intendevo che la tenessi per sempre» osserva.

«Giusto, mi dispiace» dico in fretta per scusarmi, non che lo pensi davvero. Ma non deve sapere che non sono sincera.

Chiude il cassetto e mette la chiave nel portachiavi insieme alle altre. Si dirige verso la porta e me la apre, facendomi cenno di uscire nel corridoio buio.

Espiro nervosamente. Non ha dato alcun segno di essere a conoscenza del mio tradimento. Forse per questa volta ho schivato un proiettile, ma devo stare più attenta. Non posso permettermi di farmi beccare due volte.

Anton ride sottovoce. «Sembra che Mikhail si unisca a noi con le signore» dice.

Mikhail.

È il capo del Pakhan, l'uomo che vorrei far cadere e avere l'onore di essere colei che lo ha catturato, ma è legato a Madisyn e hanno un bambino insieme.

Madisyn Carter era il precedente agente sotto copertura nella Bratva, con il nome di Madisyn Taylor. Non so se si sia sposata con Mikhail o meno. Non ci sentiamo da quando ha lasciato l'ufficio.

Ma è l'unica persona che possa riconoscermi e far saltare l'operazione.

Abbiamo tenuto d'occhio per mesi il club, per prepararci all'operazione, e non l'abbiamo mai vista nei dintorni.

Lo sguardo mi cade su di lei, riesco a notarla con il suo vestito nero e dorato, che ne abbraccia le curve. Non sapevo indossasse abiti, il suo massimo era camicetta nera e il blazer, ma del resto è sempre stata con una tenuta adeguata per l'FBI da quando l'ho incontrata. In qualche occasione, ai tempi in cui ancora lavorava in ufficio, ci prendevamo qualcosa da bere e festeggiavamo la vittoria su qualche caso particolare.

Ma ora ha il potere di distruggere tutto e farmi uccidere.

Mi distacco da Anton.

«Devo usare il bagno» dico, una veloce giustificazione per sciogliermi dalla sua presa mentre mi fiondo nel bagno singolo, sbattendomi dietro la porta.

Ignoro lo strano sguardo che mi lancia Anton mentre svicolo via, lasciandolo da solo.

Dice qualcosa in risposta, ma la voce si confonde con la musica alta, per poi venir chiusa fuori dalla spessa porta di legno del bagno.

Faccio un sospiro di sollievo.

Non posso però nascondermi per sempre qui dentro, nemmeno solo per questa serata. Potrei fingere di essere malata o, peggio ancora, vomitare. C'è del sapone liquido che potrei ingerire, ma non mi sembra l'opzione migliore o più saggia.

Devo solo evitare Madisyn.

Seppur remota, c'è sempre stata una piccola possibilità che potesse presentarsi al club, ma Anton è di livello molto più basso rispetto a Mikhail. Riuscire a incastrare il Pakhan mi renderebbe una leggenda all'FBI – e una traditrice per Madisyn. Ma ha bruciato quella possibilità quando si è unita a Mikhail.

Faccio una smorfia.

Potrebbe capitarmi facilmente la stessa cosa. Mi sto scopando Anton praticamente ogni notte, e anche se uso la pillola e lui indossa sempre il preservativo, non voglio nemmeno pensare alle conseguenze che potrebbe avere una gravidanza.

Ma non sono come Madisyn.

Io non resterei. Anton non è una brava persona. Non è il tipo di uomo che vorrei crescesse mio figlio.

È questa la differenza tra me e lei.

Non posso nascondermi nel bagno per sempre. Gradualmente, socchiudo la pesante porta di legno, sbirciando fuori, sollevata che Anton non sia fuori a farmi da guardia. Non che pensassi lo avrebbe fatto. Probabilmente è impegnato con Mikhail e le donne che lo accompagnano.

Guardo Madisyn nel lounge e lei mi lancia un'occhiata di rimando; la supero, svicolando tra la folla, diretta alle stanze VIP.

«Che stai facendo?» risuona nelle mie orecchie la voce di Anton, in piedi dietro di me. È più alto di me, e, anche se ho sempre notato questa differenza di altezza, stavolta sembra torreggiare su di me, facendomi sentire piccola.

Mi giro su me stessa, per voltarmi verso di lui. «Un cliente voleva usare la suite» dico con un ghigno malizioso, «ho appuntamento con lui lì.»

Le pupille di Anton si restringono. «Non hai detto che mi avresti aiutato con gli ospiti speciali di stasera?»

«Appena ho finito nella stanza VIP» rispondo, sperando di riuscire ad ammaliare uno qualsiasi degli uomini presenti e convincerlo a pagare per l'esperienza completa.

Non ho ancora avuto l'opportunità di usare l'area VIP, solo le cabine, che offrono molta meno privacy, al di là delle telecamere presenti ovunque. La privacy esiste solo di facciata in questo locale. Non sarei sorpresa se l'FBI avesse hackerato le telecamere di sorveglianza e osservato ogni mia mossa. Anche se sono certa che sarebbe solo per la mia protezione.

Ci sono telecamere nel seminterrato del club? Non sono riuscita a infiltrarmi laggiù. La chiave che mi ha dato Anton per il suo ufficio non funziona con nessun'altra porta. Ci ho provato. Che ci sarà là sotto?

Anton forza un sorriso sul volto. Non è contento, ma non riesco a capire se sia perché non sto seguendo i suoi ordini o se è perché intratterrò un altro uomo nella stanza VIP in cui, anche se fare sesso è proibito, ci sono tante voci sulle cose che possono accadere lì.

Ho sentito le ragazze parlarne nel camerino. Si scambiavano storie ed esperienze, sia belle che brutte, avvenute con i loro ospiti. La maggior parte delle ragazze detesta quando è una coppia a prenotare una stanza insieme, perché la ragazza tende poi a essere gelosa.

È questo che accadrà stasera con Mikhail e Madisyn al club? Se Madisyn diventasse gelosa, magari potrebbe andarsene e sarei libera di tornare a lavorare in pista, dove dovrei essere anche ora, a intrattenere gli ospiti e ballare sul palco.

Anton strizza gli occhi e non c'è alcuna rabbia dietro il suo sorriso. È genuino. «Non mentirò, quindi voglio dirti che sono un po' deluso. Vorrei che conoscessi i miei amici.»

«Lo farò» dico, forzando un sorriso e tastandogli il bicipite, «quando avrò finito con il cliente, vi troverò al lounge.»

Anton si guarda intorno, soddisfatto di essere solo con me nell'androne buio. Mi ruba un bacio. È lungo, caldo, appassionato. «Sta lontana dai guai» mi avverte.

Non ha assolutamente idea del pericolo in cui mi sono cacciata e quanto sia terrorizzata dal fatto che lui possa scoprire la verità. Se riesco a stare lontana da Madisyn, allora andrà tutto bene.

Percorre il corridoio fino al lounge e faccio un sospiro di sollievo, sgattaiolando di nuovo verso l'area VIP. Non posso gironzolarci senza un cliente con me, e più resto in giro senza, più sarà facile che la sicurezza se ne accorga e faccia rapporto ad Anton o Nikita sul fatto che non sto svolgendo il mio lavoro.

Fingermi malata sarebbe stato più facile. Più sicuro.

Ma non sono mai stata una che va sul sicuro.

Uno degli uomini per cui ho già ballato in più occasione, un abituale, mi nota. Non è mai stato uno timido. Sa cosa vuole e non ha paura di chiederlo, ma solitamente, invita le altre ragazze nel privé.

Sono certa che preferisca le ragazze che conosce, o forse hanno semplicemente delle mosse migliori delle mie, ballando da più tempo.

Mi dirigo verso di lui per suggerirgli di divertirci un po' nella stanza VIP quando un altro signore si staglia verso di me. Deglutisco nervosamente mentre osservo il signore più anziano e gli offro il mio sorriso più seducente.

Supervisore Speciale Agente Barrett Kingston, il mio capo reparto. È lui che guida la task force. Ha condotto Madisyn nella sua missione sotto copertura e l'ha assegnata a Mikhail. L'agente Lexington è il mio referente, ma riporta all'agente Barrett.

Ho detto a James di non tornare mai più al club e ha seguito il mio consiglio. Non mi aspettavo di imbattermi proprio in Barrett.

«Quanto per un ballo?» mi chiede, ancorandomi con lo sguardo. L'aria è come risucchiata fuori dai miei polmoni.

«La stanza VIP è aperta» gli dico, avendo bisogno di salvarmi da Madisyn e Anton.

Il suo sguardo si restringe, mi conosce abbastanza per capire che sono stressata da qualcosa e che sto cercando di nasconderglielo.

«Fammi strada» mi ordina.

Non voglio ballare per lui. Tutto ciò che farò sotto
copertura verrà analizzato. Non che non fosse già
così, ma riesco a sentire i suoi occhi su di me e la mia
carriera che lentamente, finisce giù, lungo lo scarico.

OTTO

CAPITOLO OTTO

Anton

Savannah si sta comportando in modo strano da quando l'ho vista nel mio ufficio. Mi passo una mano tra i capelli. Voglio allentarmi la cravatta – il club è soffocante – ma voglio apparire al meglio.

Mikhail è qui, insieme alle ragazze.

E l'unica persona che volevo fargli incontrare sembra essersela data a gambe.

Okay, forse sto esagerando. Savannah sta portando in una privée un cliente, il che è ottimo, ma perché non me lo ha menzionato quando le ho chiesto di intrattenere i nostri ospiti speciali della serata?

Non voglio essere sospettoso nei suoi confronti. Non mi ha dato alcun motivo di pensare che qualcosa non vada stasera.

Che stava facendo nel mio ufficio? Non riesco a credere che avesse semplicemente una *cosa* per i numeri. Non l'ho mai vista mostrare alcun interesse per robe matematiche.

Stava sbirciando qualcosa, ma non sono sicuro del perché.

Che volesse solo sapere quanti soldi facessero le altre ragazze del club? Non me la prenderei con lei per essere curiosa, ma intrufolarsi nel mio ufficio con la chiave che le avevo affidato è stato disonesto.

La ragazza dovrebbe essere punita. Ma se lo menzionassi a Nikita o Mikhail, verrebbe licenziata.

No, devo occuparmene io, fuori dal registro, a casa. Stanotte.

Vago nei camerini delle donne. Le ragazze sono sul palco o a intrattenere i clienti. Il camerino è buio e vuoto. La luce si accende. C'è un sensore di movimento che si attiva non appena si entra. Mi dirigo verso l'armadietto di Savannah. Non mi ci vuole niente per aprire il lucchetto e toglierlo, apro l'anta.

Non c'è molto all'interno. La sua borsetta, dei vestiti e un beauty-case. Frugo tra le sue cose, ma non trovo nulla di fuori dall'ordinario.

Non sono sicuro di cosa io stia cercando esattamente, ma ho la sensazione che ci sia qualcosa che non vada. Come se non mi fossi ancora accorto di qualcosa in tutto questo tempo.

Il controllo su di lei era pulito.

Sono stato nel suo appartamento. Ho visto dove vive. Cosa non avrei colto?

Rimetto il contenuto all'interno, attento a farlo sembrare esattamente come lo aveva lasciato lei. Riattacco il lucchetto e mi dirigo verso l'ufficio della sicurezza. Voglio verificare che Savannah si trovi davvero nel privé.

Devo vedere con i miei occhi che la ragazza non stia giocando con me. E perché dovrebbe? Non vuole ballare per le ragazze?

O forse non vuole che nessuno vada a far domande su di noi. Non ho detto a Mikhail che mi sto scopando la nuova assunta, ma potrebbe essere preoccupata di perdere il lavoro se lui lo scoprisse.

Però, il libro mastro.

Ho lo stomaco contratto e non riesco a togliermi la sensazione che ci sia qualcosa che non vada. L'ho colta di sorpresa, si è scusata del suo comportamento come se non fosse nulla di importante intrufolarsi nel mio ufficio.

Mi affretto verso la sicurezza, tiro fuori il mio telefono e non appena la telecamera fa lo zoom nella stanza VIP, faccio richiesta che venga fatto uno scatto alla sua faccia e mi venga inviato.

Ci sono delle foto migliori di Savannah, ma la telecamera riprende lo "stato dell'arte" e la carico sul mio telefono. Non riconosco il cliente, ma abbiamo numerosi nuovi avventori in questo periodo dell'anno. È estate ed è New York City. Non siamo nella parte più nascosta della città. Ci pavoneggiamo nel nostro establishment.

Uscendo dall'ufficio della sicurezza, mi imbatto in Mikhail.

«Tutto a posto?» mi chiede, con le braccia verso di me, impedendomi di finirgli addosso e farci cadere entrambi.

«Tutto perfetto» rispondo, sforzandomi di sorridere. Mi sale la bile. Mi sto preoccupando per niente. Ne sono certo. Non sono praticamente mai stato in una vera relazione, e sono sicuro che semplicemente Savannah sia entrata in profondità dentro di me, sotto la mia stessa pelle.

Non sono abituato a essere onesto con nessuno, specialmente non con una ragazza. E anche se non le ho detto tutti i miei segreti, le hai scoperto un po' di me recentemente.

Mikhail annuisce e non mette in dubbio la mia parola. Mi dirigo fuori lungo il corridoio e tiro fuori il mio telefono, telefonando al detective Rylan Scott, del Dipartimento di Polizia di New York. È sporco come tutti noi, è sul nostro libro paga. Non è un membro della Bratva, ma è un nostro fidato alleato.

Non mi aspetto che risponda mentre è in servizio, ma lo fa.

«Qui parla Rylan» dice. La musica di sottofondo comincia a sparire, come se stesse uscendo da qualche posto per poter parlare al telefono.

«Rylan, sono Anton. Ho bisogno di un favore.»

Ridacchia. «E da quando voi Bratva non avete bisogno di qualcosa?»

Non rispondo alla sua domanda. «Ti sto mandando la foto di una ragazza. Devo sapere se riesci a trovare qualcosa che vada oltre al solito controllo che facciamo noi.»

«Sì, certamente. Quanto urgente è la cosa?» si informa Rylan. «Immagino che vuoi sia fatto al di fuori dei canali ufficiali.»

Quando mai vogliamo che qualcosa possa essere rintracciabile? «Ti paghiamo per questo, Rylan.»

«Va bene, faccio un salto alla stazione stasera mentre torno a casa e inserisco i parametri nel sistema. Se esce fuori qualcosa già stasera, te lo farò sapere. Altrimenti, ti chiamo domani.»

«Ottimo.»

«Vuoi che mandi una copia di quel che troviamo a Mikhail?» chiede Rylan. Non è una cosa che facciamo spesso, quello di notificare a lui queste cose, dare aggiornamenti minuto per minuto di quando abbiamo a che fare con qualche stronzo.

«Non è necessario.»

Il Detective Rylan ridacchia come se sapesse che sto chiedendo un favore inusuale. Probabilmente perché lo sto chiamando ben oltre l'orario di lavoro solito. Sono quasi le otto. L'uomo probabilmente non si ferma a lavoro un minuto di più, passate le cinque. Il Club Sage invece si sta solo scaldando, e Rylan probabilmente se ne stava già bello a godersi la serata, in qualche postaccio a bere. Per fortuna, non è nel club, cosa che avrebbe potuto dare una brutta piega alla serata e al mio umore.

Tornando nel club, noto che la porta del privé è ancora chiusa. Con la musica che rimbomba, non riesco a sentire una parola di ciò che sta accadendo lì dentro. Probabilmente, è meglio così.

Giuro di non essere mai stato un tipo geloso. Mi sono anche ripromesso di non restare mai coinvolto con nessuna delle ragazze che lavorano per me. Non sono fiero di me sull'aver richiesto informazioni sul conto di Savannah, e spero che la cosa non venga mai fuori.

Ma solo dopo questo controllo potrò essere sicuro che la sua è solo curiosità, che è affidabile e che non stia cercando di fregarmi.

Il dubbio continua ronzarmi in testa e proseguo spedito oltre la stanza VIP, diretto al lounge, fino a dietro il bancone. Mi verso un whiskey, avendo bisogno di un attimo di tregua per poter poi gestire il resto della serata con Mikhail e le signore.

Le ragazze sono nel lounge con dei cocktail fruttati, sedute sul morbido divano rosso, guardando Violet che balla sul loro tavolo. È una ballerina molto carina, con un enorme paio di tette e un bel culo, ma non è niente in confronto a Savannah.

Ho proprio una brutta cotta per la nuova ragazza.

È qualcosa di più di solo una notte per me, più di solo un'avventura, a meno che l'avventura non contempli l'andare da lei ogni singola notte.

Non c'è da stupirsi che Nikita si sia reso conto che sto vedendo qualcuno. Ha già capito di chi si tratta e sarà solo questione di tempo prima che Mikhail non insista per incontrarla. Voglio mostrarla tenendola a braccetto, portarla fuori a cena, dimostrarle che non sono solo il suo capo.

Ma è complicato fare tutto questo con lei che si intrufola nel mio ufficio, curiosando in giro.

Prova a ignorare il fatto che Savannah non si veda da nessuna parte. Potrei guardare dalle telecamere e vedere cosa sta facendo, ma l'ultima volta che ho controllato era davvero nel privé. Starà lì per un po' di tempo; se qualcosa di sospetto o inappropriato dovesse accadere, la sicurezza interverrebbe immediatamente.

«Posso portarvi qualcosa, signore?» chiedo, avvicinandomi all'entourage di Mikhail. Anche lui, a ogni modo, è sparito dalla vista. Suppongo sia nell'ufficio con Nikita, a sbrigare qualche affare urgente dell'ultimo minuto.

«Altri drink» dice Madisyn, mostrandomi il bicchiere vuoto.

Lucy comincia ad alzarsi, le mando un'occhiata imperiosa, ordinandole silenziosamente di sedersi. Non è in servizio oggi, non deve essere responsabile di portare i drink dei suoi amici. «Ditemi pure cosa ordinate, me ne occupo io.»

Ordinano dei drink femminili, dolci, e mi dirigo dal barista per far sì che prepari immediatamente i loro intrugli. Un'altra cameriera porta i cocktail mentre vado a dare un'occhiata in giro per il locale, assicurandomi che tutto vada come previsto.

Dmitri è in piedi, vicino alla porta. Non sta controllando i documenti. Quello è compito di Viktor.

«Come sta andando?» mi rivolgo a Dmitri.

È in piedi, torreggiante, appoggiato con la schiena alla parete mentre controlla la porta. «Niente di recente che faccia presagire guai al momento» dice. Gli italiani e i colombiani non dovrebbero essere al corrente della presenza di Mikhail al club questa sera, ma il suo solo essere qui, ci mette tutti in uno stato dall'erta.

«Recente?» chiedo.

«Uno degli uomini del cartello si è presentato alla porta, cercando di entrare. Lo abbiamo cacciato via.»

«Ottimo.»

Le sue parole dovrebbero tranquillizzarmi, ma non è certo il momento di abbassare la guardia e rilassarsi. Sono in servizio e il Pakhan è nella pista da ballo o, quantomeno, nel club.

Abbiamo i nostri uomini che controllano costantemente i capi della mafia e del cartello. Sarebbe da stupidi non aspettarsi che anche i nostri nemici facciano lo stesso con noi.

———————

Il club si avvicina all'orario di chiusura, Mikhail se ne è già andato insieme a Madisyn. Hannah e Lucy tornano in macchina con Nikita, mentre io mi dedico a un ultimo giro per controllare che le porte siano chiuse e tutti se ne siano andato.

Non c'è alcuna traccia di Savannah. Di solito, gironzala intorno al mio ufficio dopo la chiusura, o nel camerino se le ragazze si stanno ancora cambiando e preparando per andarsene.

Le luci sono spente nei camerini. Nessuna traccia, da nessuna parte.

Se ne è andata senza nemmeno salutarmi?

Non dovrebbe importarmene e, invece, non riesco a pensare ad altro. Non ho nemmeno il suo numero salvato sul telefono. Potrei trovarlo nel suo curriculum o nel contratto di lavoro, ma non sono così ossessionato da lei.

Magari potrei passare da lei e assicurarmi che sia arrivata a casa.

Ma come ci è arrivata? Non ha una macchina, di solito sono io a darle un passaggio. La metropolitana non è troppo distante, ma odio anche solo pensare a lei che cammina da sola per strada a quest'ora.

Che se ne sia andata con il suo cliente VIP?

La bile mi risale fino in gola.

No. Non lo farebbe mai. Non ha un bisogno di soldi così disperatamente da arrivare a quel punto.

E se non fosse per i soldi? Se le piacesse per davvero quel cliente?

«Stai andando via, capo?» chiede Dmitri tirando fuori le sue chiavi.

«Sì» rispondo, avvicinandomi alla porta. Do un'occhiata all'esterno, sperando di vederla vicina alla macchina.

Non riesco a vederla da nessuna parte. Chiudo il club, Dmitri si dirige verso il suo SUV, parcheggiato due posti dopo il mio.

«Sembra che stasera te ne torni a casa da solo» commenta.

Mi schiarisco la voce e gli restituisco uno sguardo penetrante. «La nuova ragazza deve essersi trovata un altro passaggio a casa» dico. «La riaccompagno solo alla metro, le altre sere.»

«Certo, ovviamente. Non preoccuparti, capo. Non sono affari miei.»

«Cazzo ovvio che non lo sono» borbotto. Apro la porta e salgo sul sedile del guidatore.

Aspetto che Dmitri esca dal parcheggio prima di dirigermi verso l'appartamento di Savannah. È tardi. Dovrei andare a casa, ma non riesco a impedirmi di passare da lei e controllare che stia bene. Devo sapere che è al sicuro e, ancor più importante, che sia sola.

Mi ribolle il sangue nelle vene al pensiero che possa essersi portata il cliente a casa. La bocca mi diventa secca, spingo di più sull'acceleratore, sfrecciando attraverso la città per arrivare al suo appartamento il più velocemente possibile.

E se non fosse a casa?

O peggio, e se ci fosse ma con lui?

NOVE

SAVANNAH

Prima, nel privé.

«Ti tiro fuori» dice l'agente Kingston, insistendo sul fatto che sono stata buttata fuori dall'operazione.

Probabilmente, non avrei dovuto confessargli che Madisyn fosse proprio dall'altra parte del muro, nella sala d'aspetto. Per fortuna non si sono incrociati, un colpo di fortuna direi. Ma questo non sminuisce la situazione immediata. Appena uscirò dalla sala VIP, dovrò ballare per gli amici e i colleghi di Anton.

Madisyn mi riconoscerà e la mia copertura salterà.

«Non puoi tirarmi fuori, non ancora. Lui si fida di me. Ho già dato un'occhiata al registro questa sera.»

«Un'occhiata?» Alza un sopracciglio mentre si siede sul divano morbido e allarga le braccia sullo schienale.

Mi siedo sul bordo del tavolo di fronte a lui e mi tolgo le scarpe. È contro le regole, ma non credo che qualcuno verrà a sfondare la porta per una piccola licenza. Allungo le gambe e appoggio i piedi sul suo grembo.

«Inizia a massaggiare» dico con un sorriso ironico, lasciandogli fare un massaggio alle dita dei piedi.

Se qualcuno stesse guardando i monitor, potrebbe pensare che sia un suo fetish. Lui ridacchia sottovoce, ma mi massaggia i piedi, assecondando la mia richiesta. Il filmato della telecamera sembrerà quello di due persone che conversano. La musica è abbastanza alta da non permettere a nessuno di ascoltare la nostra conversazione, a differenza di quanto accade dietro la tenda, dove le guardie sono a pochi metri di distanza.

«Cos'è questa storia del libro mastro?» chiede Barrett. I suoi occhi sono puntati su di me, mentre mi fa sciogliere la tensione dai piedi.

Vorrei quasi allontanarmi, il gesto è troppo intimo per essere fatto con il mio supervisore, ma ci sono cose peggiori che potrei fare per lui.

«Anton è entrato e mi ha sorpreso a leggerlo» dico.

«Merda» borbotta Barrett ed emette un sospiro pesante. «Dovremmo tirarti fuori al più presto.»

«Cosa? No, va bene così. Se avesse sospettato qualcosa, sarei già morta.» Non posso fare a meno di preoccuparmi: più a lungo evito Anton, più i suoi sospetti potrebbero aggravarsi, ma non c'è alcuna possibilità che io esca nel salone in cui si trova Madisyn con i suoi nuovi amici.

«E questo non ti preoccupa?» domanda Barrett.

«Certo che sì, ma ce la sto facendo. Si fida di me. Datemi ancora un po' di tempo.»

Barrett annuisce e guarda la telecamera. Riporta la sua attenzione su di me come se fossi il suo premio. Suppongo che per la cifra che sta pagando per farmi un massaggio ai piedi, dovrebbe fingere di essere fortemente affascinato da ciò che sta accadendo tra noi.

«Hai fatto delle foto al libro mastro?»

«Non è possibile con questo completino. Non ho dove nascondere il telefono o qualsiasi altra macchina fotografica.»

Barrett non discute perché sa che ho ragione. «Non ti perderò di vista questa sera. Quando finisci il turno, ti accompagno a casa.»

Non sa dell'accordo che abbiamo io e Anton, che il capo della Bratva mi accompagna a casa ogni sera dopo il lavoro. E se glielo dicessi, verrei cacciata dall'indagine.

Andare a letto con Anton non faceva parte dell'accordo ufficiale. Però non me ne pento, nemmeno un po'.

«Hai intenzione di pagare la sala VIP fino alla chiusura?» Per quanto non voglia rimanere chiusa nella stanza con Barrett per le prossime due ore, non posso nemmeno trovarmi faccia a faccia con Madisyn. L'altra opzione è quella di fingere di essere malata e di andarmene per la notte.

«Ho la carta di credito del Bureau» dice Barrett con un sorriso ironico.

Io ridacchio sottovoce. «Bene, ma non ti farò una lap dance.» Non voglio nemmeno pensare a quello che ho fatto con James. Barrett è un ragazzo onesto. Non si imporrebbe mai su di me. È praticamente sposato, anche se con il suo lavoro.

————

Il cellulare di Barrett squilla mentre esce dal parcheggio del Club Sage. «Kingston» risponde.

Il telefono viene immediatamente messo in vivavoce, con gli altoparlanti a tutto volume. Barrett non ha un briciolo di privacy. Mi sembra giusto, dopo le ultime ore in cui abbiamo giocato a fare i VIP.

«Un detective di New York ha appena raccolto informazioni sull'alias Savannah Parker» dice Dalia. È la neoassunta, trasferita da un'altra divisione dopo che Madisyn ha lasciato il dipartimento.

«Cosa hanno trovato?» chiede Barrett allontanandosi dal locale.

«Abbiamo controllato tutti i dati possibili e, usando l'alias di Savannah, sono saltati fuori alcuni articoli che avevamo piazzato, ma c'è qualcos'altro...» dice Dalia quando la sua voce si interrompe.

«Che cosa?» Barrett mi lancia un'occhiata e la sua fronte si irrigidisce, prima di riportare l'attenzione sulla strada.

«Il detective ha usato una fotografia di Savannah per scorrere il database. È possibile che venga avvisato del suo stato con il Bureau se la foto passasse attraverso tutti i canali.»

«Maledizione!»

Sbatte il pugno sul volante e fa una brusca sterzata all'incrocio successivo. Imprecando sottovoce, scuote la testa, evidentemente contrariato da questa nuova rivelazione.

«Sono sicura che andrà tutto bene» dico. O almeno, spero che lo sia. Passo le dita sui jeans. Ho le mani sudate.

Sono stata veloce a cambiarmi e a sgattaiolare fuori, essendo stata una delle prime ragazze ad andarsene quando il locale ha chiuso.

L'agente Kingston si allontana dall'appartamento che ho affittato temporaneamente per l'incarico sotto copertura. «Il mio appartamento è da quella parte» dico, indicando la direzione opposta.

«Non ti riporto dove fai il lavoro sotto copertura. Sei fuori dall'operazione» dice Barrett.

«Cosa?» Non riesco a credere di aver sentito bene. È rimasto con me fino alla chiusura nella sala VIP e ha pagato ogni minuto insieme, solo per poi farmi abbandonare l'incarico? Non ha senso.

«Entro domattina Anton saprà che sei un agente federale. Non metterò a rischio la tua vita.»

Dalia si schiarisce la gola. «Signore, se posso...» esordisce interrompendolo, «è possibile intercettare qualsiasi comunicazione che Anton dovesse ricevere via sms o e-mail. Inoltre, ho già controllato il database principale per bloccare e cancellare la possibilità del detective di visualizzare le informazioni di Savannah. Potrebbe solo vedere la sua immagine con il numero di distintivo in una ricerca molto ampia.»

«Non ci abbiamo pensato prima di andare sotto copertura?» mi informo, non capendo la situazione.

La squadra tecnica avrebbe dovuto rimuovere tutto ciò che potesse essere facilmente identificabile e creare una traccia che seguisse il mio alias.

«Sì, ma non ci aspettavamo il coinvolgimento della polizia di New York con la Bratva» dice Barrett. «Non abbiamo abbastanza elementi incriminanti per collegare il detective Rylan Scott a qualcosa di criminale, ma è ovvio che ci sia un legame tra lui e i russi.»

Mi gira la testa, mentre cerco di dare un senso a tutto questo. «La mia copertura è saltata?» chiedo. È tutto ciò che mi serve sapere.

Barrett aspetta che Dalia risponda alla domanda, vuole il suo parere.

«È altamente improbabile che il detective Scott sia riuscito ad accedere al suo fascicolo attraverso i canali ufficiali.»

Le sue parole rimangono sospese nell'aria. Sono pesanti come un pallone di piombo. «E i canali non ufficiali?»

«Ho cancellato tutto quello che c'era nel database. I social media sono un oceano più grande in cui nuotare, ma posso assicurarle che abbiamo estratto tutto ciò che abbiamo trovato su Internet usando una ricerca per immagini inversa» dice Dalia.

Voglio credere che abbia fatto abbastanza per proteggere la mia copertura. Anni fa, andare sotto copertura non era così difficile, prima che fiorissero i social media. Quegli stessi programmi tecnologici, combinati con il software di riconoscimento facciale, rendono più facile la scansione del passato di un individuo.

Sinceramente, mi sorprende che la Bratva non abbia un proprio sistema e che chieda l'aiuto di qualche detective di basso livello, a meno che Anton non stia contattando i suoi.

Non ha ancora detto loro che siamo andati a letto insieme.

Non che io abbia confessato ai miei superiori di essere andata a letto con lui. Tutti abbiamo dei segreti e la maggior parte di noi è disposta a portarli nella tomba, se necessario.

«Se Dalia dice che sono al sicuro, mi fido di lei.»

Barrett chiude la bocca e sono sicuro che si sta chiedendo come faccia a fidarmi più della nuova ragazza che del collega con cui ho lavorato per la maggior parte della mia carriera. Semplice, voglio rimanere in questo incarico e lei mi permette di rimanere sotto copertura.

«Te lo sconsiglio, ma non ti ritirerò» dice Barrett. «Non posso tornare al club, però. Dovrai passarmi le informazioni in un nuovo punto d'incontro.»

«Potrebbe farlo Dalia» dico. «Lei è stata al club. Se Anton o qualcuno dei suoi uomini mi stesse osservando, ti riconosceranno. Proprio come hanno fatto con James.»

«Bene» brontola Barrett. «C'è un posto di routine dove vai una volta alla settimana che non desti sospetti? A parte la tua corsa al caffè?» Dopo l'incidente con James, questo è fuori discussione.

«Il mercoledì pranzo in un piccolo ristorante cinese. Possiamo incontrarci lì.»

«Lo farò controllare» dice Dalia.

Chiudiamo la telefonata con Dalia e l'agente Kingston si dirige verso l'appartamento in cui vivo sotto copertura. È buio e incredibilmente tardi. Fuori non c'è quasi parcheggio.

«Vuoi che ti accompagni?» mi propone, accostando davanti alla facciata dell'edificio.

«Non serve.» Scendo dal sedile anteriore e mi dirigo verso le porte principali. Salgo al quinto piano e prendo le chiavi dalla borsa quando scorgo un'ombra nell'oscurità.

Non è un'ombra qualsiasi.

Anton mi sta aspettando.

Inspiro un respiro affannoso e rido nervosamente. «Non mi aspettavo di vederti stasera» dico. Non sa che sono dell'FBI.

Non può saperlo, perché se lo sapesse, appena entrerà nel mio appartamento con me, sarà una lotta all'ultimo sangue.

«Già, nemmeno io» dice Anton. Non c'è sorriso. Nessun accenno di umorismo dietro i suoi occhi. «Posso entrare?»

Ho l'impressione che non sia una domanda.

«Sì, certo.»

Mentre armeggio con la maniglia, lui è praticamente alle mie calcagna e mi sovrasta. Non riesco a spiegare la trepidazione che mi attraversa in ogni centimetro. Il cuore mi batte all'impazzata contro il petto e il respiro si fa più rapido.

Non posso permettergli di accorgersi che sono nervosa, perché se fosse già sospettoso, questo farebbe scattare tutte le bandiere rosse possibili e immaginabili.

«Non mi hai aspettato stasera» dice Anton.

Dal primo giorno in cui sono stata assunta, Anton mi ha accompagnato a casa. E da allora quasi ogni notte è finito nel mio letto.

«Mi hai detto che avevi degli amici in visita al club. Non volevo disturbare.» È una bugia facile da ripetere mentre spingo la porta d'ingresso e accendo le luci.

Anton è dentro e chiude la porta prima che io abbia il tempo di girarmi e incontrare il suo sguardo.

«Ti ho anche detto che volevo che tu li conoscessi e che intrattenessi le signore. Te ne sei dimenticata?»

Sorrido e lascio che le mie spalle si rilassino. Non ha estratto un'arma né mi ha minacciata. Se sembro colpevole, capirà che qualcosa non va.

«Uno dei clienti mi ha voluto nella sala VIP per tutta la notte. Ha anche dato una bella mancia. Stasera ho guadagnato più di qualsiasi altra volta.» Non è falso. L'ho costretto a pagarmi molto più del normale perché non avevo altri clienti. Il Bureau potrebbe mettere in dubbio l'importo speso al club, ma lo lascerà passare perché parte dell'incarico.

Inoltre, il club riceve una parte delle mie entrare e se non guadagnassi abbastanza con un singolo cliente che ha pagato per il mio tempo tutta la notte, sembrerebbe sospetto.

«Un cliente fisso?» chiede Anton. La sua fronte si aggrotta.

«Non credo» rispondo. Non ha senso mentire. Domani potrà vederlo nelle telecamere, se non ha già dato un'occhiata a Kingston mentre era al club.

Anton chiude la porta e mi guarda. «Devi aver fatto una bella impressione.»

Mi tolgo le scarpe e lascio cadere la pochette vicino alla porta d'ingresso. «Non è questo il punto?» Sorrido e mi giro, le mie dita si aggrovigliano nei suoi capelli e lo attirano contro di me.

Il suo respiro mi solletica il collo mentre mi cinge la vita con le braccia, tenendomi stretta contro di lui.

«Dimmi cosa stavi facendo davvero nel mio ufficio, gattina.»

Vorrei allontanarmi, correre e mantenere una distanza costante tra di noi, ma questo spazio non farebbe altro che suscitare altre domande. Non voglio distruggere ciò che ho ottenuto, se Anton si fida di me.

«Hai ragione. Ti ho mentito» sussurro.

Lui mi inclina la mascella e i suoi occhi si conficcano nei miei. «Dimmi la verità.» Le sue parole sono un comando e io esalo un respiro leggero.

«Le ragazze parlavano di quanto guadagnano ogni sera. Di come devono pagare il locale per ballare, e non ho creduto loro quando mi hanno detto che ti pagavano solo il dieci per cento.»

«Scommetto che te l'ha detto la Bailey» dice Anton.

La Bailey sembra essere la più rumorosa del gruppo e crea la maggior parte di problemi. Essendo la nuova ragazza, le sue molestie sono generalmente rivolte più a me che a chiunque altro. Tuttavia, mi chiedo a chi desse fastidio prima della mia assunzione.

«È vero?» chiedo, guardando in alto con occhi spalancati.

Avevo sentito le ragazze parlare dei loro stipendi e di come non potessero nascondere i soldi ai proprietari. Per questo non possono indossare stivali al ginocchio, perché pagano una parte delle mance al locale.

La mia percentuale era molto più del dieci per cento. Non che abbia importanza, tutto quello che guadagno ballando va direttamente al Bureau. Beh, tutto ciò che non viene speso mentre sono sotto copertura. Non posso certo portarmi dietro le carte di credito.

«Non mentirmi mai più» dice Anton. La sua mano rimane ferma sulla mia mascella e gradualmente si spinge più in basso.

«Giuro che non lo farò.» Le parole mi escono prima che mi renda conto che la promessa che ho fatto verrà inevitabilmente infranta.

Non dovrebbe avere importanza. Quello che abbiamo non è reale, ma non voglio che finisca.

L'idea di essere tirata fuori dall'indagine mi brucia dentro.

Inspiro affannosamente, aspettandomi che mi tagli la riserva d'aria, ma la sua mano non si posa sul mio collo. Mi tira più vicino, facendo sbattere le sue labbra sulle mie, pretendendo ciò che vuole, ma non a parole, con i fatti.

Il telefono di Anton vibra nella tasca dei pantaloni. «Dovrei rispondere» sussurra tra un bacio e l'altro. «È tardi. Chiunque stia chiamando, deve essere importante.»

Risponde alla chiamata, portandosi il telefono all'orecchio. Cerco di non fissarlo e faccio qualche passo indietro, facendogli cenno di seguirmi in camera da letto.

Anton smette di camminare e dietro il suo sguardo c'è un guizzo, un fuoco acceso dal riconoscimento del tradimento.

«Capisco» dice Anton al chiamante. Non riesco a sentire cosa viene detto all'altro capo del filo, ma la sicurezza di Dalia nel proteggere la mia copertura sta venendo meno.

Mi carica, abbandona il telefono mentre mi punta una pistola alla fronte. Non ho nemmeno visto l'arma sul fianco o il movimento fatto per recuperarla, ma sento la sicura scattare.

«Sei un fottuto federale» ringhia Anton.

DIECI

CAPITOLO DIECI

Anton

Era l'ultima telefonata che mi sarei aspettato: il detective Rylan Scott che mi informa che la ragazza di cui gli avevo mandato la foto è un'agente federale.

Si è presa gioco di me.

Peggio ancora, pensavo che provasse dei sentimenti per me, che fossero sinceri e che non fossero minimamente legati al suo lavoro. Ora capisco perché fosse felice di assecondarmi, di mantenere segreta la nostra relazione.

Avrebbe potuto rovinare il suo giochetto.

«Cosa stai cercando?» chiedo, con la pistola puntata alla tempia. La mia mano destra è sul grilletto e la sinistra è stretta intorno alla sua nuca. Non va da nessuna parte.

Il mio istinto aveva ragione, per quanto avrei voluto che in realtà si sbagliasse. Quando l'ho beccata nel mio ufficio, mentre esaminava il registro, tutto era sembrato crollare. Pensavo di vomitare, ma avevo messo da parte le mie preoccupazioni e ingoiato il mio orgoglio come meglio potevo.

Ora a quanto pare, stava solo cercando di mettermelo in culo.

«Non è come pensi» sussurra Savannah, fissandomi. Le sue labbra color rubino si aprono e ogni respiro diventa più affannoso.

Sta cercando di eccitarmi per spegnere i miei sensi? Non funzionerà.

«Mettimi alla prova, agente Savannah Blakely» dico con disgusto. Aveva mantenuto lo stesso nome di battesimo, ma aveva finto di essere Savannah Parker. Il suo nome non è l'unica bugia. «Questa non è la tua vera casa, vero?»

Do un'occhiata alle pareti spoglie. La vernice fresca ha improvvisamente un senso. Si è trasferita in questo posto per andare sotto copertura. Questa non è casa sua.

«Sono il tuo bersaglio.»

Mi rendo conto che non sono altro che un mezzo per raggiungere un fine.

«Stai cercando di distruggere me o l'intera organizzazione per cui lavoro?»

Le spingo la pistola contro la tempia.

«Non ho mai voluto farti del male» dice Savannah.

«E pensi che io possa crederti? Dopo tutte le bugie che hai raccontato» rido cupamente, tirandomi indietro come se mi avesse bruciato. La spingo sul divano, costringendola a sedersi. «Mani in grembo, rivolte verso l'alto.» La perquisisco e, anche se non ci sono segni evidenti di armi, se è un'agente federale avrà un ottimo addestramento al combattimento corpo a corpo.

Si accomoda sul divano e mi fissa. «Hai intenzione di uccidermi?» mi chiede, «perché ci sono telecamere ovunque in questo appartamento.»

«Sei una pessima bugiarda.» Non c'è nessuna sorveglianza o cimice nel suo appartamento. Ho fatto controllare la casa da uno dei nostri uomini dopo che ha confessato dell'agente dell'FBI al club. Era una bugia, anche quella?

Era uno dei suoi colleghi?

Tolgo la sicura e abbasso la pistola, ma rimango in piedi, camminando davanti al divano. «Quali informazioni hai dato ai federali?»

Devo sapere cosa ha fatto.

Che casino ho combinato? Ho coinvolto Mikhail, Nikita e gli altri membri della Bratva, o solo me stesso?

«Niente» dice, fissandomi con quegli occhi azzurri e cristallini.

Dovrei premere il grilletto, chiamare la squadra di pulizia e farla finita con lei. Ma per qualche motivo, ho abbassato la canna e non riesco a riportarla sulla sua fronte.

«Stai mentendo» dico, avvicinandomi al divano e facendo sbattere le ginocchia contro le sue.

«Non è vero» dice Savannah. «Ho dato un'occhiata al tuo registro, ma non ho fatto nessuna copia di quello che ho visto. Non potevo farti questo.»

«Perché sei stata beccata.» La sua giustificazione non mi convince. Non le importa di me. Non ha mai avuto nulla a che fare con me, se non usarmi. Ucciderla sarebbe facile e io non sono un uomo che perdona, ma non posso farle del male.

«L'uomo di stasera, il cliente VIP, è un agente federale, vero?»

Non dice una parola, annuisce.

«E gli hai parlato di me.» Posso solo supporre che abbia divulgato tutto quello che è successo tra noi al suo collega o capo.

«Non tutto.»

La sua voce è appena superiore a un sussurro.

«Cosa intendi con "non tutto"?»

Sta evitando la domanda. Perché?

Si stringe le labbra, fissandomi. «Non ho rivelato che siamo andati a letto insieme.»

«E perché no?»

Mi spingo oltre. «Sei venuta a letto con me, sperando di guadagnarti la mia fiducia e di raccogliere informazioni. Perché il Bureau non dovrebbe essere orgoglioso di questo fatto?»

«Non è andata così» dice Savannah e si alza in piedi, allontanandosi da me e mantenendo la distanza tra noi.

«Siediti!» mi limito a dire, non sono sicuro di dove voglia arrivare e non ho alcuna intenzione di lasciarle prendere una pistola o un'altra arma che potrebbe avere nascosto.

«Non puoi darmi ordini, Anton» dice lei, incrociando le braccia sul petto.

Almeno dalla posa che ha assunto, non sembra star cercando un'arma. È sulla difensiva. Arrabbiata. Come se, in qualche modo, la colpa del suo comportamento fosse mia.

«Col cazzo che non posso. Tu lavori per me, gattina. Sei di mia proprietà.»

Fa una smorfia e mi guarda con aria di sufficienza. «Nel caso l'avessi dimenticato, il lavoro era una copertura. Non lavoro per la Bratva.»

Chiudo la distanza tra noi. Le mie dita afferrano i suoi capelli, avvicinando il suo viso al mio. «Questo è il primo errore che hai fatto, credere di poter andare e venire a piacimento.»

Dovrei lasciarla andare, dire a Nikita che ha trovato un altro lavoro altrove e mantenere il segreto sul fatto che SIA un'agente federale. Sono bravo a tenere le cose per me.

Ma non voglio che si allontani da me o dal lavoro.

«Tradendo la famiglia, Mikhail ordinerà la tua morte» dico. «Ma ho un'altra idea.» Anche solo suggerirla è pericoloso. Eppure. non vedo un'altra opzione. «Continua a lavorare per la Bratva e, invece di concentrarti su di noi, fornisci loro informazioni sul cartello colombiano. Quando sarà il momento giusto, mi occuperò io di Mikhail.»

La sua fronte si irrigidisce e sembra rilassarsi alla mia proposta. «Come funzionerebbe?»

«Ti offrirai a loro» dico. «E porterai ai federali tutto ciò che troverai sotto il loro tetto.»

La sua bocca si apre al solo pensiero.

«Sembra pericoloso.»

«Lo è» dico, rifiutandomi di indorare la pillola su ciò che le sto chiedendo di fare. «Se scoprono il tuo tradimento e che sei un federale, sei morta. Non ci sono molte altre opzioni. O torni all'FBI senza nulla, il tuo lavoro finisce, le nostre strade si separano e non ci rivediamo mai più, oppure ti infiltri nel cartello.»

Si appoggia al muro. «Come fai a sapere che non ti tradirò e non rivelerò tutti i tuoi segreti al cartello?»

«Ti ucciderei io stesso.»

Non c'è molto che lei possa sapere della Bratva. Naturalmente, il fatto di aver tenuta segreta la nostra relazione non le permetterà di entrare dal cancello del complesso del cartello. Avrebbe dovuto essere pubblica per poterlo fare.

Quella che sto suggerendo è fondamentale una missione suicida.

Ma almeno non sarò io a premere il grilletto. Il suo sangue non sarà sulle mie mani.

«E il tuo capo? Non si insospettirà se una delle ballerine improvvisamente frequenta il cartello?»

«Lascia che mi occupi io di Nikita e Mikhail» dico.

———

Esco dal suo appartamento con la testa annebbiata. Andare di nuovo a letto con lei è fuori discussione.

È il nemico. Ma quale modo migliore di trattare con il nemico se non usarla per raggiungere i miei obiettivi?

Mikhail sarebbe orgoglioso di aver trasformato in un suo uomo un altro agente dell'FBI. Tuttavia, non ha esattamente voltato le spalle ai suoi colleghi o al suo incarico. Si concentrerà solo sul cartello.

Avrei dovuto piantarle una pallottola in testa.

Con qualsiasi altra ballerina non ci avrei pensato due volte, ma Savannah ha colpito qualcosa dentro di me. Non si tratta solo del sesso, anche se quello è certamente una parte importante. Stando vicino a lei, è come se galleggiassi in aria.

Colpa della fase di luna di miele e della lussuria della nostra relazione.

Solo, il sesso è fuori discussione ora che so chi è, una traditrice della Bratva. E ha un'unica possibilità per riscattarsi e dimostrare la sua lealtà.

Infiltrarsi nel cartello.

Se non lo farà, non avrò altra scelta che porre fine alla sua vita.

Che peccato.

Scendo le cinque rampe di scale fino alla mia auto parcheggiata dietro l'angolo. Salgo sul sedile anteriore, ma non vado da nessuna parte. Mi concentro sul suo edificio e, più precisamente, sul suo appartamento. Le luci sono accese all'interno.

Presumo che stia andando a letto, ma se non ci dovesse andare, devo essere il primo a saperlo. Nel caso uscisse di nascosto, la seguirò.

Aspetto che spenga le luci. Nessuno entra o esce dalla porta principale del complesso residenziale.

C'è una telecamera vicino all'uscita posteriore e sono già riuscito a rubare il segnale e a inviarlo al mio telefono.

Non c'è traccia di Savannah né di nessun altro.

È una buona notizia. Ma potrebbe chiamare il Bureau e, senza apparecchiature di sorveglianza e audio nel suo appartamento, non c'è modo di sapere di cosa potrebbero discutere.

Alla fine, mi dirigo verso il complesso, intrufolandomi all'interno poco prima dell'alba. Appena la mia testa tocca il cuscino, mi addormento pesantemente.

———

Un pugno forte e potente batte alla porta, svegliandomi.

«Cosa, che c'è? Sono sveglio» grido a chiunque sia alla porta. Non sono sveglio. Indosso ancora il vestito di ieri sera, senza la giacca. Mi sono tolte le scarpe, ma non mi sono preoccupato di spogliarmi.

«Hai un aspetto orribile» dice Nikita, entrando senza invito nella mia stanza. «Hai fatto tardi?»

Non gli rispondo. La verità è che non voglio dirgli che la nuova assunta, la ragazza che mi sto scopando, è un agente federale.

Andrebbe a spifferare tutto a Mikhail e io non avrei altra scelta che ucciderla per dimostrare la mia lealtà alla famiglia.

Dovrei ucciderla. Non dovrebbe esserci nemmeno un'ombra di dubbio che offuschi il mio giudizio: il suo desiderio non era altro che un tradimento.

Eppure, non riesco a togliermi dalla testa quella ragazza.

«Che c'è?» chiedo, eludendo la sua domanda. Mi passo una mano tra i capelli. Se Nikita è entrato di prepotenza nella mia camera da letto, qualcosa deve essere andato storto.

«Stamattina ho ricevuto una telefonata dal detective Rylan Scott.» Nikita si passa una mano tra i capelli. Ha un aspetto rude, anche a quest'ora.

«E...?» Nascondo ogni accenno di senso di colpa per il fatto che avrei dovuto rivolgermi a Mikhail, prima di tutto, raccontando tutto quel di cui ero a conoscenza.

«Gli hai chiesto di raccogliere informazioni sulla nuova ragazza. Quella che sembra averti preso in simpatia. Mikhail era occupato. Per tua fortuna, ho risposto io alla chiamata.»

Mi schiarisco la gola, aspettando che continui.

«Ma che diavolo ti è passato per la testa?» mi rimprovera Nikita, e io ringrazio che la porta della camera da letto sia chiusa. Spero che nessun altro possa sentire il suo sdegno.

«Non sapevo chi fosse. Il controllo che abbiamo fatto sul suo passato era risultato pulito.» È la verità. Non ho dovuto falsificare le sue credenziali. I federali lo avevano fatto per me.

Le mie opzioni sono limitate. Uccidere Nikita e lasciare che il segreto muoia con lui o affrontare le conseguenze. Uccidere un uomo che ho accettato come mio fratello non sarebbe facile, ma sarebbe peggio per me scontrarmi con Mikhail per il mio errore.

Nikita espira rumorosamente dal naso. «Puliamo questo casino. Solo io e te. Nessun altro deve saperlo.»

«Uccidere la ragazza?» Detesto anche il solo suggerirlo, ma se non lo facessi, non crederebbe mai che sia ancora dalla parte della Bratva. E in questo momento, non so cosa voglio di più: la mia vita o la sua. Non sopravvivremo entrambi.

Non sono un uomo altruista. Darei fuoco al mondo per ottenere ciò che voglio. Questo include la distruzione del club, se necessario, ma a questo punto non salverebbe né Savannah né me.

«A meno che... tu non sia innamorato di lei?» chiede Nikita.

Non mi innamoro, tanto meno di una talpa che ha giocato con me per ottenere informazioni. «Fammi vestire.»

Nel giro di un'ora ci dirigiamo verso il suo complesso residenziale. Le nostre pistole sono dotate di silenziatori per evitare che i vicini chiamino la polizia. Anche se dubito che la situazione possa svolgersi senza problemi.

Savannah è dell'FBI. Non se ne andrà senza combattere.

«Parcheggia di lato» dico, indicando uno spazio vicino, dietro l'angolo, il lato opposto al suo appartamento. L'ultima cosa che voglio è che si accorga che stiamo salendo.

Fuori fa caldo, è soffocante, ed è abbastanza facile dare la colpa delle mani sudate al tempo, se non fosse per il macigno che mi attanaglia lo stomaco. Se ci fosse un'opzione migliore, suggerirei un'altra scelta.

Uccidere Nikita.

No.

Non mi ha tradito. Non gli sparerò, anche se questo significa distruggere l'unica persona che mi ha reso felice negli ultimi tempi.

Ma era tutta una bugia. Niente di ciò che Savannah ha detto era vero. Il suo desiderio per me era probabilmente una recita come tutto il resto.

Mi mordo il labbro inferiore e la sensazione di dolore mi riporta alla realtà mentre saliamo le scale.

Cinque lunghe rampe.

Non sembravano lunghe con Savannah al mio fianco. Il suo sorriso malinconico e la sua risata mi facevano fatto battere il cuore nel petto.

Sento solo dolore, amarezza e un vuoto dentro di me. Il suo tradimento mi brucia. L'oscurità mi consumerà inevitabilmente. Uccidere Savannah non è ciò che desidero, ma non vedo altra via d'uscita.

Mi fermo davanti al suo appartamento. Non bussiamo. Nikita tira fuori un grimaldello e apre la porta in pochi secondi.

Faccio irruzione nell'ingresso, con la pistola spianata, mentre cerco qualsiasi traccia della bionda. Non c'è traccia di lei né in soggiorno né in cucina. Perquisisco la camera da letto mentre Nikita controlla il bagno.

«Non è qui» dice Nikita.

Apro l'armadio per assicurarmi che non si sia nascosta. Le grucce sono vuote, l'armadio è spoglio. Apro con uno strattone il primo cassetto della cassettiera e lo richiudo, ripetendo il movimento con quello successivo.

«Ha fatto le pulizie e se n'è andata» dico, lanciando un'occhiata a Nikita alle mie spalle.

Non dovrei essere sorpreso che se ne sia andata. Convincerla a lavorare per la Bratva e a intrufolarsi nel cartello per ottenere informazioni è stato un azzardo.

Savannah mi ha ingannato.

Mi ha fatto credere che avrebbe accettato solo per farmi uscire dal suo appartamento il tempo necessario per fare le valigie e andarsene. È andata a casa? O forse è fuggita in un rifugio sicuro, dato che la Bratva conosceva la sua identità?

La mascella di Nikita è ferma e i suoi occhi si stringono. «L'hai avvertita che stavamo arrivando?»

Lascio correre la sua provocazione.

«Da quanto tempo non la vedi?»

Piega le braccia sul petto, poco convinto, e scruta fuori dal finestrino.

«Accidenti, l'abbiamo mancata per poco» dice Nikita.

Mi avvicino a lui. Sta salendo su un taxi. I suoi bagagli devono essere già stati caricati sul veicolo.

Non riusciremo mai a scendere cinque rampe di scale prima di perdere di vista il suo veicolo, se cercassimo di seguirla.

«Sappiamo dove lavora» dice Nikita.

«Non riuscirò a entrare nell'edificio dell'FBI con un'arma.»

È pazzo anche solo a pensarlo.

«No, la seguirai quando esce dal lavoro. Scoprirai dove vive.»

Mi passo una mano sulla mascella. Non è un brutto piano, ma ce ne sono di migliori. «Potremmo chiedere un altro favore al detective Scott.» Lo paghiamo bene per la sua utilità per l'organizzazione. Che male ci sarebbe a farlo scavare un po' più a fondo?

«E probabilmente trasmetterebbe l'informazione a Mikhail» dice Nikita, lanciandomi un'occhiata. Come se sapesse che non riesco a smettere di pensare a Savannah.

Sono combattuto.

So cosa va fatto, ma quando mi troverò di fronte alla decisione di premere il grilletto, sarò in grado di andare fino in fondo?

È per questo che Nikita insiste per accompagnarmi? Non ha alcun rapporto con lei. Le ha parlato a malapena. Non c'è attaccamento a lei che offuschi il suo giudizio. Sarebbe in grado di ucciderla senza sforzo.

Non posso dire lo stesso.

Usciamo dal suo appartamento e torniamo nel SUV. Nikita ci guida verso l'ufficio, ma non mi aspetto di vedere Savannah che trascina le sue valigie all'interno dell'edificio.

C'è molta gente per strada, ma di Savannah non c'è traccia. Per quanto ne sappiamo, potrebbe essere andata a casa o in un rifugio. Anche se la individuassimo, ci sarebbero troppi testimoni e telecamere di sorveglianza nelle vicinanze.

Gira intorno all'isolato, ma di Savannah non c'è traccia. Se fosse venuta qui, avrebbe comunque avuto diversi minuti di vantaggio. «Fammi uscire» dico.

Nikita mi guarda mentre accosta il veicolo al lato della strada. Le auto dietro di noi suonano il clacson. «Qual è il tuo piano?»

«Qualcosa di incredibilmente coraggioso o stupido» dico e scendo dal veicolo.

Lui scuote la testa mentre io salgo sul marciapiede e mi appoggio al SUV.

«Mi costituirò ai federali.»

Sbatto la portiera e mi dirigo verso l'ingresso principale.

Nikita impreca e sento sbattere la porta d'ingresso mentre si affretta a seguirmi, inseguendomi. «Mikhail ti ucciderà» avverte Nikita. «Pensa a quello che stai facendo. Al tradimento di tutti noi.»

Mi afferra per i baveri, cercando di farmi vedere le cose a modo suo. Convincermi a tornare al veicolo con lui. «Non puoi farlo, Anton.»

«Sono innamorato di lei.» Le parole mi escono prima ancora di rendermi conto di quello che sto dicendo.

«Cazzo!» Nikita lascia cadere le mani sui fianchi. «Parliamone, da uomini. Mikhail capirà. Pensaci.»

«Perché ha fatto entrare Madisyn in casa sua?»

Scuoto la testa, non credendoci. «È diverso. È lui. È Pakhan. Io non ho lo stesso privilegio.» Non avrò nemmeno la mia stessa vita se scoprisse che pur sapendo che Savannah fosse un federale, gliel'ho voluto tenere nascosto.

Guardo Nikita. Sembra turbato, ma il mio stomaco si agita come se potessi sentirmi male da un momento all'altro. Crede che per me sia facile?

«Torna nel SUV» dice Nikita. Il suo volto è rosso. C'è rabbia dietro il suo sguardo e, se non fossimo in pubblico, avrebbe già tirato fuori la pistola per minacciarmi.

Ma non ha intenzione di rovinare la sua vita con Lucy.

«Non posso farlo.» Mi sottraggo alla sua presa e mi avvio verso l'ingresso dell'edificio.

Nikita non mi segue.

La portiera del veicolo si chiude sbattendo e le gomme stridono mentre lui si allontana in fretta, lasciandomi da solo. Non mi aspettavo sarebbe stato contento della mia decisione, ma uccideranno Savannah se non lo faccio.

E non posso permettere che accada.

UNDICI

SAVANNAH

«Una parola, Savannah» dice l'agente Barrett Kingston facendomi cenno di alzarmi dalla scrivania e di seguirlo.

Sono arrivata a lavoro in tarda mattinata, dopo aver impacchettato le mie cose dall'appartamento in cui ero sotto copertura. Le valigie sono state infilate in un armadio in fondo al corridoio. Non volevo presentarmi in ritardo, non lavorando più al caso.

Anton se ne è occupato non appena ha capito chi sono e che ero sotto copertura.

Smetto di scrivere il mio rapporto, schiaccio i tasti per salvare e mi alzo dalla scrivania, avvicinandomi al mio capo. «Sì, signore?»

«Interessante svolta degli eventi» dice in modo un po' criptico.

Dovrei indovinare di cosa sta parlando? Si riferisce al fatto che mi sono presentata in ufficio stamattina? Sapevo che la mia copertura era a rischio con l'arrivo di Madisyn al club.

«Che cosa?» chiedo.

«Anton si è presentato al piano di sotto e si è consegnato alle autorità.»

Non può averlo fatto. Ho un sussulto e guardo dietro di me. La nostra sala interrogatori è vuota; non ho visto nessun altro entrare. «Dove lo tengono?» chiedo.

«Al quarto piano.»

Serro le labbra. Voglio vederlo. «Sta parlando?»

Anton dirà loro che è andato a letto con un agente dell'FBI e che ha scoperto che ero sotto copertura? È l'unico segreto che ho tenuto nascosto ai miei supervisori, anche se non mi sorprenderebbe se Kingston o Lexington abbiano dei sospetti. Ho fatto sapere a tutti di non volere telecamere nel mio appartamento.

«Dice che parlerà solo con te.»

Inspiro bruscamente. L'ultima volta che abbiamo parlato, avevo una pistola puntata alla testa. Anche se non mi ha sparato, di certo non si poteva definire entusiasta di aver scoperto la verità.

«E vuole che sia io a condurre l'interrogatorio?» chiedo, alzando lo sguardo verso Barrett.

«Tu lo conosci. Hai passato del tempo con lui. Se è qui per condurci in un'avventura rischiosa, chi meglio di te può sapere se ci sta prendendo in giro?»

«Mi dà molto credito, signore.» Seguo Barrett fino all'ascensore e scendo al quarto piano. Su questo piano ci sono più celle di detenzione e stanze per gli interrogatori che su qualsiasi altro.

Mi guida lungo il corridoio e apre la porta, facendomi entrare nella stanza degli interrogatori. Barrett mi accompagna, restando in piedi accanto alla porta.

Pensa che io abbia bisogno di protezione?

«Voglio parlare con lei da solo» dice Anton.

È seduto al tavolo di metallo. Non ci sono manette. Non è legalmente detenuto. Non abbiamo prove per arrestarlo. Ho fallito la mia missione, ma solo perché ha capito chi fossi prima che potessi raccogliere qualcosa di compromettente.

«Va bene» dico, assicurando a Kingston di poter gestire da sola Anton.

«Sarò qui fuori» dice Kingston. Sospetto che si stia recando alla porta accanto per guardare attraverso la vetrata.

La porta si chiude dietro Kingston e si blocca. Mi trovo di fronte ad Anton, senza essere minimamente spaventata o minacciata da lui.

«Hai attirato la mia attenzione. Che cosa vuoi?» gli domando. Non è da Anton entrare nell'FBI e costituirsi. Deve esserci qualcosa che sta pianificando. Solo che non riesco ancora a vedere il quadro generale.

«Vieni, siediti.» Fa un cenno verso il posto libero di fronte al tavolo di metallo.

Cedo e mi metto dall'altra parte, lontano da lui. Allontano la sedia, che scricchiola contro le piastrelle del pavimento.

Anton strabuzza gli occhi per il disagio, ma cerca di nasconderlo. «Sono venuto a salvarti, gattina.» L'uso che fa della parola "gattina" è morbido e silenzioso, attento a non far sentire a nessun altro il suo nomignolo per me.

«Non ho bisogno di essere salvata.»

«Ma io credo che tu ne abbia bisogno. Ai miei amici non piace quello che hai fatto e intendono rendere noto il loro disappunto.»

Sta attento a non usare parole come "minacciare" o "uccidere", ma ho l'impressione che intendano vendicarsi delle mie azioni.

«Apprezzo l'avvertimento, ma so badare a me stessa.» Mi siedo sulla sedia di fronte a lui. La sedia di legno è fredda e dura. Non sono minimamente a mio agio e sospetto che non lo sia nemmeno Anton.

Solo che lui è qui e questo mi confonde.

«Perché avvertirmi?»

Pur apprezzando il suo gesto, non sembra il tipo di uomo intenzionato a proteggere un agente federale. Preferirebbe uccidermi piuttosto che proteggermi.

Temporeggia, senza rispondere alla mia domanda.

«Ok, allora rispondi a questa: perché ti sei consegnato ai federali?» continuo.

Stringe le mani davanti a sé. Immagino che, entrando nell'edificio, sia già stato perquisito e non abbiano trovato un'arma. Con lui, noi due da soli, non corro un pericolo immediato.

Perché, diciamolo, non siamo soli. L'agente Kingston sta osservando la nostra conversazione, ci sta ascoltando, e sono sicuro che non sia solo nella stanza accanto.

Non c'è nemmeno un accenno di privacy e se provassi a manipolare una qualsiasi apparecchiatura, sarei il prossimo agente caduto in disgrazia, come Madisyn, per quello che era successo tra lei e Mikhail.

«Ti ho detto che lo faccio per proteggerti» dice Anton.

«Mi è difficile crederlo» rispondo. «Ieri sera, quando hai scoperto per chi lavoro, mi hai minacciato con una pistola.»

Anton si schiarisce la gola. «Ammetto di essere rimasto sorpreso dalla rivelazione che non eri chi credevo che fossi.»

Posso accettarla come risposta. Sembra sincera e onesta. Non che l'uomo abbia una reputazione sorprendente in fatto di onestà ed etica.

«E...?» Aspetto che si dilunghi, che dica qualcosa di sensato. Perché diavolo è qui? Vuole essere messo in prigione per i prossimi vent'anni?

Non abbiamo nulla su di lui o sull'organizzazione, almeno nulla che sia ammissibile in tribunale.

«Continuo a pensare che tu possa aiutarmi a sgominare il cartello» dice e si schiarisce la voce, lanciando un'occhiata alla finestra buia dove il mio capo e, sono sicuro, una manciata di altri agenti, stanno assistendo all'interrogatorio.

Solo che sembra essere lui a condurre l'interrogatorio, non il contrario. Non posso fare a meno di chiedermi cosa diavolo ci faccia qui. Sono sicura che l'FBI non lo lascerà andare. Lo tratterranno, legalmente, il più a lungo possibile – ventiquattro ore – e poi sarà un uomo libero.

A meno che non riescano a ottenere qualcosa da lui.

«Non è per questo che sei qui. Sappiamo entrambi che è meglio così» dico e sposto la sedia all'indietro.

Se non ha intenzione di parlare e di fornirci informazioni, non vedo perché restare.

«Dove stai andando?»

«Ho del lavoro da fare» dico, fingendo di non essere minimamente interessata a conversare con lui. Kingston sarà più duro con Anton se me ne vado e forse è proprio questo che serve.

Quando diavolo sono diventata così morbida? Stringo le labbra, non volendo nemmeno considerare che il motivo sia Anton, che i sentimenti che fingevo di provare si sono infiltrati in me, rendendomi simpatico quell'uomo.

Non dovrebbe piacermi.

Dovrei disprezzarlo, ma non è così.

C'è un accenno di sorriso agli angoli delle sue labbra. Giuro che sembra riuscire a leggermi nel pensiero, ma non è fisicamente possibile.

«Siediti, parliamo.»

«Mi siedo se mi parli di Mikhail e dell'operazione che gestisce.»

Anton si appoggia allo schienale e piega le braccia sul petto. «Perché non lasci parlare me, gattina?» Questa volta il nomignolo sfugge e non è per nulla silenzioso.

La stanza si scalda, ma sono sicura che sono le mie guance a bruciare, non la temperatura che aumenta. Non voglio che Anton pensi di avere il controllo. Sono io che ho il potere. Non lui.

Mi avvicino alla porta e afferro la maniglia.

Anton geme, capendo che sto per andarmene e che dovrà vedersela con qualcun altro. «Aspetta» dice ed espira un soffio d'aria.

Ha attirato la mia attenzione. Gli rivolgo uno sguardo. «Hai intenzione di parlare?»

«Non è quello che ho sempre fatto?» Mi fa un sorrisetto, ma c'è una punta di nervosismo dietro il suo atteggiamento freddo. Il suo aspetto esteriore è tutto business, duro e robusto. Ma c'è un lampo di ansia dietro i suoi occhi. È forse perché è qui e la Bratva non è disposta a prendere bene i traditori?

Mi avvicino al tavolo ma non mi siedo. «Dicci tutto sulla Bratva russa.»

Ridacchia e sembra rilassarsi. «Potrebbe volerci tutta la notte, gattina.»

«Smettila di chiamarmi così!» Non appena gli scatto contro, me ne pento. In realtà, mi piace il nome affettuoso che mi ha dato, ma non posso sembrare debole tra gli uomini del Bureau o apparire in qualche modo compromessa.

«Sì, preferisci che ti chiami agente Savannah Blakely?» mi chiede, usando il mio cognome, non quello fasullo che gli ho dato quando ci siamo conosciuti.

«Parlami della Bratva» ripeto, volendo che la smetta di tergiversare.

«Dovrai essere più specifica.» È un po' troppo calmo e raccolto per essere entrato ed essersi consegnato ai federali.

Non gli importa più di essere un traditore della sua gente?

«Cominciamo con il Pakhan, Mikhail.»

«Il nome non mi dice nulla» dice Anton.

«C'è un altro capo della Bratva?» chiedo. Tutto quello che abbiamo raccolto indica Mikhail Barinov a capo dell'organizzazione.

«Ci sono diverse organizzazioni di Bratva in tutta la Russia. Non conosco personalmente tutti i membri.»

Un forte colpo alla finestra indica che devo ritirarmi e discutere con gli agenti. Senza dire altro, mi dirigo verso la porta.

«Savannah» mi dice Anton, cercando la mia attenzione.

Sono tentata di non voltarmi, di non fare altri giochi. Apro la porta e guardo di nuovo Anton. «Qualcuno sarà da te tra poco.» Esco e chiudo la porta dietro di me.

La porta adiacente si apre e l'agente Kingston ne esce insieme ad altri dirigenti.

«Lo stiamo facendo trasferire» dice Kingston, avvisandomi.

«Dove? Avete qualcosa per trattenerlo?»

«Troveremo qualcosa» dice l'agente Danvers, facendomi l'occhiolino. È un altro agente speciale supervisore di un'altra divisione. Non ho lavorato spesso con lui, ma ci sono voci, nessuna delle quali positiva o di buon auspicio per Anton.

Mi dirigo nel corridoio verso l'ascensore. Discutere con un agente speciale supervisore non aiuterà la mia carriera né la situazione con Anton.

Proprio mentre le porte iniziano a chiudersi, Barrett si infila nell'ascensore. «Ho capito. Sei arrabbiata.»

«Non si tratta di questo» rispondo e mi stringo tra le braccia. «Pensi che dovremmo trasferire Anton, anche se non abbiamo ancora qualcosa di cui accusarlo?»

«Non dipende da me. Ma parlerà» dice Barrett.

È un po' troppo sicuro di sé.

«Ne sei sicuro?» Premo il pulsante del nostro piano e aspetto che l'ascensore salga.

«È venuto qui a cercarti.»

A quell'uomo non sfugge nulla.

«Beh, mi ha trovata.» Alzo le spalle e guardo il display del piano, desiderando che l'ascensore si apra. Il piccolo spazio è stretto, soprattutto sotto lo sguardo di Barrett. Almeno, non c'è nessun altro in ascensore con noi.

«È chiaro che Anton provi qualcosa per te. Solo che non riesco a capire se tu provi qualcosa per lui.»

«Non è così» dico un po' troppo in fretta. «Era solo un incarico, niente di più.» Mi sento lo stomaco sottosopra per le mie stesse parole. Non riesco a smettere di pensare a lui che viene portato via, arrestato e imprigionato. Non ci sono prove per condannare Anton, ma non posso fare a meno di temere che l'agente Danvers faccia qualcosa per cambiare le cose. Fabbricare le prove per far sì che Anton venga condannato.

«Bene, anche se così fosse, dovresti prenderti il resto della giornata libera.»

«Signore...»

«Non è un suggerimento» dice Barrett. «Vai a casa.»

Non voglio andarmene, ma non ho molta scelta. «Bene, prendo le mie cose e me ne vado.»

Le porte dell'ascensore si aprono e mi precipito nel corridoio per prendere le mie valigie. In pochi minuti sto portando la valigia all'ascensore e schiaccio il pulsante, aspettando che le porte si aprano. Ci vuole un'eternità e, una volta arrivato l'ascensore, salgo e schiaccio il pulsante per l'atrio. All'uscita prenderò un taxi per tornare a casa.

L'avvertimento di Anton riecheggia nella mia mente. Ma perché è venuto qui a dirmi che la sua squadra mi ucciderà? Niente di tutto questo ha senso.

Probabilmente non è altro che un trucco per spaventarmi e convincermi a fidarmi di lui. Ma perché avrebbe voluto che lo facessi dopo il mio tradimento? Mi pizzico il ponte del naso, la testa comincia a pulsare, e mi sento sollevata quando arrivo all'ingresso.

Trascino il mio bagaglio sul pavimento verso l'uscita quando passo davanti a due individui in giacca e cravatta. Mi sono familiari. Sono sicuro di averli già visti, ma non so dove. Qui, all'ufficio, o da qualche altra parte?

Le mie braccia rabbrividiscono e un brivido mi attraversa quando entrano negli ascensori in attesa.

Le porte iniziano a chiudersi e sussulto quando mi rendo conto che gli uomini rasati sono due russi, entrambi membri di spicco della Bratva.

Nikita e Dmitri.

DODICI

ANTON

«Alzati!» mi ordina sbraitando uno degli agenti, mentre mi elenca i miei diritti dichiarandomi in arresto.

«Quali sono le accuse?» chiedo, mentre fa scattare le manette di metallo bloccandomi i polsi dietro la schiena.

Non risponde alla mia domanda.

«Voglio un avvocato e la mia unica telefonata.»

Il furbo bastardo mi sorride. «Sarai trasferito.»

«Dove?» domando e un altro agente apre la porta. Due uomini sono in piedi nel corridoio. Indossano abiti eleganti e hanno falsi distintivi attaccati alle giacche.

Con un'occhiata riconosco entrambi gli uomini. Lavorano per Mikhail.

L'agente che mi ha consegnato sta lavorando con Mikhail o è un imbecille che mi consegna alla cieca, credendo che sarò sotto la custodia dei federali?

Correrò il rischio con Mikhail, anche se immagino che mi voglia morto dopo la cazzata che ho fatto qui, presentandomi, entrando e cercando di arrivare a Savannah.

Sarebbe meglio finire in custodia federale, arrestato e gettato in una cella.

Nikita e Dmitri sono a malapena riconoscibili. Si sono tagliati la barba e i capelli sono curati. Sembrano entrambi dei gentiluomini puliti, ma l'apparenza può ingannare.

Nikita consegna i documenti per il trasferimento e l'agente li firma prima di restituire i documenti falsi. Vengo accompagnato verso l'ascensore e le doppie porte si aprono davanti a me.

Savannah sbuca da dietro le doppie porte. «Sono dei Bratva!» grida, sollevando la pistola dalla fondina sul fianco.

Mi sottraggo alla presa di Nikita e Dmitri, volendo proteggere Savannah dai mostri che intendono ucciderla. Era quasi riuscita a scappare.

Con le mani fissate dietro la schiena, è difficile fare di più che proteggerla con il mio corpo mentre mi precipito verso di lei.

I suoi occhi si allargano, ma non mi spara. È perché sono disarmato o perché prova ancora qualcosa per me?

Con l'attenzione rivolta a me, non se ne accorge fino a quando non è troppo tardi: Dmitri le si avvicina con un coltello, che era riuscito a far passare attraverso i metal detector.

Non ho altra scelta che farla indietreggiare verso l'ascensore e cercare di allontanarmi da Dmitri e Nikita.

Ma probabilmente pensa che io stia lavorando con loro.

Non è così.

Ho tradito la mia famiglia per proteggere lei.

Gli agenti alzano le pistole, ma nessuno accorre in aiuto di Savannah, tranne me. Le porte dell'ascensore iniziano a chiudersi e io mi precipito su di lei, costringendola a rientrare nell'ascensore mentre Dmitri la affianca alla cieca e la prende da dietro, intrufolandosi con noi. Le solleva la lama sul mento e la taglia abbastanza da farle capire che intende farle male sul serio.

Nikita salta in ascensore con noi mentre le doppie porte sono chiuse a metà. Preme il pulsante per il garage. L'ascensore scende rapidamente.

«Lasciala stare» avverto Dmitri, ma non posso fare molto con le mani ammanettate alla schiena.

Che Savannah abbia una chiave di riserva? Anche se fosse, al momento è un po' impegnata per aiutarmi.

La donna fa cadere Dmitri all'indietro, sbattendo il suo corpo contro la parete dell'ascensore e il corrimano si scontra con la sua schiena. Lui grugnisce, ma non indietreggia.

Savannah lotta con Dmitri e alza il braccio destro sul corpo, rivolgendo la pistola verso di sé. Alza il braccio sopra la spalla per sparare a Dmitri, ma Nikita la ferma prima che possa sparare.

Siamo due contro uno.

Non più. Saranno due contro due.

Mi avvento su Nikita, la mia testa sbatte contro il suo petto. Anche senza le mani, forse non sarò in grado di combattere al meglio, ma farò tutto il necessario per aiutare Savannah a liberarsi.

Le porte dell'ascensore si aprono mentre la lotta continua.

Il metallo sferraglia contro il pavimento. Savannah ha perso la pistola, ma non la lotta.

Gli stivali battono sul cemento, gli agenti si precipitano giù per le scale. Nel garage vengono sparati colpi a casaccio.

«Prendi la ragazza, andiamo» dice Dmitri, gridando ordini a Nikita.

Nikita solleva Savannah senza sforzo sulla spalla. Senza la sua arma, la ragazza scalcia le gambe e sbatte i pugni sulla schiena di Nikita, ma non basta a dissuaderlo dal correre verso il veicolo in attesa.

Aprono con uno strattone la portiera posteriore di un furgone bianco e la spingono dentro. Sono costretto a entrare per primo e, pur non volendo, non lascerò Savannah da sola con la Bratva. Avrà bisogno di qualcuno che la protegga.

La porta si chiude alle nostre spalle e un minuto dopo nel garage esplodono dei colpi di pistola. Dmitri e Nikita dovevano avere delle armi sul sedile anteriore.

Faccio da scudo a Savannah con il mio corpo, coprendola dai colpi mentre i proiettili rimbalzano e colpiscono l'esterno del furgone.

Il motore ruggisce e l'autista preme sull'acceleratore. Non ho visto chi c'era al volante, se un terzo membro della Bratva o se erano Dmitri o Nikita a guidare.

Il rumore degli spari si fa sempre più lontano, mentre il furgone sfreccia fuori dal parcheggio. «Dobbiamo andarcene da qui» dico, sollevandomi da Savannah.

La gamba mi brucia. Un proiettile mi ha sfiorato la carne, ma non è nulla a cui non possa sopravvivere. Mi è stato fatto di peggio.

Rotolo via da Savannah, facendo una smorfia per la ferita alla gamba.

«Cosa c'è che non va? Ti hanno sparato?» La sua voce si alza di un'ottava.

Nessuno di noi due riesce a vedere nell'oscurità del furgone.

«Sto bene» dico, scacciando la sua preoccupazione. «Mi ha preso solo di striscio.»

Non ho bisogno che si preoccupi per me. È lei che ha bisogno di protezione.

«Dobbiamo andarcene da qui.»

Inciampa nell'oscurità, su di me, quando il veicolo si ferma bruscamente. Il suo corpo finisce contro il mio, bloccandomi a terra.

L'aumento e l'abbassamento del suo petto coincide con il mio. «Scusa» dice, schiarendosi la gola.

«Non fa niente.»

Immagino che mi stia sorridendo, ma nel buio riesco a malapena a scorgere la sua sagoma.

«È possibile che tu abbia con te le chiavi delle manette?» Provo a essere ottimista, ma è una possibilità remota.

«No, ma probabilmente c'è qualcosa nel retro che possiamo usare» dice. Si stacca da me. Già mi mancano il calore e la sensazione del suo corpo sopra il mio.

Probabilmente non succederà mai più, noi due aggrovigliati nelle lenzuola.

Si sposta sul retro del furgone.

Silenzio.

«Qualcosa?» chiedo.

«Niente di utile.»

Espiro un pesante respiro. «Non appena arriviamo al complesso e le porte si aprono, devi correre.»

Segue un silenzio.

«Mi hai sentito?» chiedo.

«Che cosa hanno intenzione di farti?» La voce di Savannah è morbida e calma.

«Non preoccuparti per me. So badare a me stesso.»

«I federali non vi faranno scappare, soprattutto dopo il rapimento. Seguiranno il furgone e se ci porteranno a casa del tuo capo, ci aspetteranno.»

Savannah ha ragione. Nikita e Dmitri dovrebbero rendersene conto e sono sicuro che abbiano già escogitato un piano. Non sono entrati nell'edificio dell'FBI e non mi hanno catturato solo per sport. «Non ci riporteranno al complesso. Ci porteranno in un posto remoto e ci uccideranno.»

La mia prima impressione è stata che mi avrebbero gettato nella prigione del complesso, interrogato e torturato, ma Savannah sa come pensano e si comportano gli agenti dell'FBI. Non hanno intenzione di aspettare quando si tratta di riavere uno dei loro agenti.

«Non avevano previsto che tu fossi qui ad accompagnarci» dico. È impossibile che facesse parte del piano.

Lei sospira dolcemente e, dopo aver fatto un altro giro nel retro del furgone, senza trovare nulla di utile, si accascia accanto a me per sedersi.

«Perché sei venuto al Bureau?» Mi chiede Savannah.

La sua domanda mi coglie di sorpresa. «Come ho detto, per proteggerti. Mikhail ti vuole morta. Potrebbe anche aver ordinato un omicidio, per quello che hai fatto.»

«E non riesci a convincerlo che non sono una cattiva ragazza? Che sono dalla tua parte?»

Rido sottovoce al suo suggerimento. «Forse, se non mi fossi consegnato ai federali, avrebbe potuto funzionare. Nikita ha scoperto il tuo piccolo segreto. E quando sono entrato nell'edificio dell'FBI, probabilmente ha detto tutto a Mikhail.»

Savannah impreca sottovoce. «Non va bene.»

«Tu credi?» Faccio una smorfia per il mio tono. Non è colpa sua, beh, non tutta. Siamo entrambi responsabili delle nostre azioni. «Quando apriranno la porta, creerò un diversivo e tu scapperai.»

«Non ti lascio solo con loro.»

È troppo gentile. Ci farà uccidere entrambi.

«So badare a me stesso» dico.

«Sono un agente dell'FBI addestrato, posso farlo anch'io.»

Discutere con lei non ci porterà da nessuna parte. «Bene.»

Abbiamo bisogno di un nuovo piano. «È possibile che tu abbia una forcina nei capelli? Qualcosa che possa usare per aprire il lucchetto delle manette?»

«Il ferretto del mio reggiseno si è allentato. Non sbirciare.»

Ridacchio sottovoce. Come se non avessi già visto ogni centimetro di lei nuda e tremante al mio tocco. «Ho lasciato a casa gli occhiali con la visione notturna.»

«Molto divertente» borbotta lei. C'è un fruscio di vestiti e immagino che si stia togliendo il reggiseno. Non riesco a capire se si sia tolta l'intera maglietta o se abbia fatto quella cosa per cui riesce a tirarlo fuori dalla manica. In ogni caso, l'immagine dei suoi seni vivaci è una visione piacevole nella mia mente.

Savannah emette un sospiro pesante e sento le sue mani sfiorare le mie mentre armeggia con il filo metallico e le manette alla mia schiena.

Il veicolo rallenta quando facciamo una curva brusca e poi sobbalza a causa della sconnessione della strada secondaria che stiamo percorrendo.

Non so da quanto tempo siamo in viaggio, ma probabilmente non siamo vicini alla città. Vorranno scaricare i nostri corpi in un posto remoto.

Savannah riesce a slacciare una manetta e poi l'altra, proprio mentre rallentiamo di nuovo e il veicolo fa una seconda curva a gomito.

«Dove diavolo stiamo andando?» chiede.

Fuori non si sente alcun rumore di traffico. Nessun veicolo ci ha sorpassato o ha suonato il clacson. Probabilmente, siamo su una strada isolata.

«Probabilmente nei boschi. Un posto remoto.» Ci sono abbastanza boschi fuori New York City da poterci trovare ovunque. Le uniche proprietà che Mikhail possiede, a quanto mi risulta, sono nelle vicinanze del centro città.

Le manette cadono a terra e sono sollevato per la tregua dal metallo che mi scavava la carne. Tuttavia, non è nulla in confronto a ciò che la Bratva avrà in serbo per noi quando ci fermeremo.

«Dobbiamo uscire di qui» dico e mi alzo, inciampando verso la porta. La porta laterale e il bagagliaio posteriore sono chiusi.

«Ho già provato con le maniglie» dice Savannah. «Qualche altro suggerimento?»

Il furgone si ferma e io inspiro bruscamente. «Devi correre.» È l'unico modo per tenerla al sicuro. Se attacco Nikita e Dmitri, spero che Savannah riesca a scappare.

«Ti ho già detto che non lo farò.»

La porta sul retro si spalanca. Dmitri è in piedi con la pistola puntata su di noi. «Uscite» grida.

Savannah esce per prima. Io la seguo.

Perché diavolo non mi ascolta?

«Cammina.»

Camminiamo per una ventina di metri prima che lui emetta il suo prossimo comando. «In ginocchio!» ordina Dmitri.

Non deve volere che il nostro sangue macchi l'esterno del furgone – troppe prove.

Savannah e io ci mettiamo in ginocchio.

Dmitri ha una pistola puntata su Savannah e Nikita è arrivato dal lato del furgone, puntando la sua arma su di me.

«Le tue ultime parole?» chiede Nikita. «Qualche dichiarazione d'amore?»

Non so dove voglia arrivare, ma abbocco all'amo. Amo Savannah. So che non dovrei, che è il nemico e vuole distruggere gli uomini per cui lavoro, ma ho già rovinato la mia possibilità con l'organizzazione. L'hanno reso noto a tutti.

«Mi dispiace che si sia arrivati a questo» dico, fissando Savannah. «Ti amo e vorrei che mi avessi ascoltato.» Perché non è riuscita a scappare e a salvarsi?

I suoi occhi tremolano per un attimo e non capisco perché. Ha un'altra arma che non mi ha detto di avere nascosta addosso? Se così fosse, sarebbe il momento di usarla.

«Mi dispiace» sussurra Savannah. «Non ho mai voluto farti del male.»

Premo le mie labbra contro le sue, dure e appassionate. Se è l'ultima cosa che provo, voglio divorarla, proteggerla, salvarla.

Scoppia un colpo di pistola e quando mi accorgo di non sentire dolore e né sanguinare più di prima, mi aspetto di trovare il suo corpo senza vita tra le mie braccia.

Ma lei respira forte, le sue mani si stringono alle mie.

Dmitri cade a terra.

«Alzati!» abbaia Nikita.

«Mikhail ha ordinato la morte di entrambi. Non smetterà di cercarvi.» Fruga in tasca e mi infila un foglio di carta e le chiavi del veicolo.

«Cos'è questo?»

«Vattene da qui. Salva la tua ragazza finché sei in tempo» dice Nikita.

«E Mikhail? Ti ucciderà se viene a sapere del tuo tradimento.»

Nikita mi porge la sua pistola. «Non lo farà se mi spari alla spalla. Devo far credere che hai rubato il veicolo e sei scappato. C'è un dispositivo di localizzazione, però. Devi cambiare veicolo il prima possibile.»

Sono consapevole del localizzatore. Faccio una smorfia e sollevo la pistola, togliendo la sicura. Prendo la mira e sparo, colpendolo alla spalla.

Lui impreca e brontola sottovoce. «Non tornare mai più a New York.»

Mi precipito al lato del guidatore e Savannah sale sul sedile anteriore. «Hai intenzione di lasciarlo lì?»

«Cosa suggerisci? Di portarlo in ospedale?» La sua domanda è assurda. Non andiamo all'ospedale nemmeno quando i nostri uomini finiscono con una pallottola in corpo. Ci appoggiamo già al Centro Medico della dottoressa Steele e delle infermiere che vivono nel complesso. Una di loro è la fidanzata di Luka.

«Lasciarlo andare! Sta morendo dissanguato e si trova nel bel mezzo del nulla. Morirà prima che arrivino i soccorsi.»

«Cazzo!»

Sbatto il palmo della mano contro il volante. Insieme, ci affrettiamo a caricare il suo culo sul retro del furgone. «Sei una persona troppo buona» dico, guardando Savannah.

«Ed è per questo che mi ami.»

Usciamo di corsa dal bosco, con il piede che spinge sull'acceleratore mentre lascio Nikita all'ospedale più vicino. La Steele è troppo lontana. La Bratva dovrà vedersela con la polizia, cosa inevitabile dopo la situazione all'edificio dell'FBI.

Ci scambiamo i veicoli poco dopo averlo lasciato insanguinato all'ospedale, salendo su un autobus e poi su un treno, diretti all'indirizzo che ci aveva dato Nikita.

«Sicuro che possiamo fidarci di lui?» mi chiede Savannah, dando un'occhiata al pezzo di carta che ho in mano con l'indirizzo, il numero di telefono e il nome dell'uomo che può aiutarci.

«Abbiamo bisogno di nuove identità. Se questo tizio, Declan, può aiutarci, non vedo altra scelta.»

TREDICI

SAVANNAH

Dobbiamo guardarci costantemente alle spalle. Non c'è traccia della Bratva, ma c'è un'elevata presenza di poliziotti alla stazione degli autobus e alla stazione ferroviaria di New York.

Arriviamo in Montana, dove Anton acquista un telefono usa e getta in contanti e chiama il numero sul foglietto che ci ha lasciato Nikita, chiedendo un passaggio.

Non ci viene detto molto altro al telefono. Ci stava aspettando? E se Nikita lo conosce, come facciamo a sapere che possiamo fidarci di lui?

«Va tutto bene» dice Anton, appoggiando una mano sul mio braccio e percependo la mia esitazione, mentre siamo fuori dalla stazione ferroviaria. «Sarà qui tra un paio d'ore. Nel frattempo, c'è un Walmart non troppo lontano. Dovremmo prendere qualche cosa di essenziale.»

«Non possiamo usare le carte di credito.»

«Sì, lo so. Dovremmo anche prendere una tintura per capelli e delle forbici. Dobbiamo cambiare il nostro aspetto.»

È estate, ma oggi il tempo è mite e sono felice di non essere sudata. Almeno, non ci troviamo nella Valle della Morte.

Il paesaggio è molto bello, con le montagne che ci circondano da ogni lato. Sono abituata alla vita di città e a visitare occasionalmente i sobborghi, ma non sono mai stata così a ovest, nemmeno per lavoro. «Accidenti, è così tranquillo qui.»

«È questo il punto» dice Anton.

«L'FBI non smetterà di cercarmi.»

«Immagino che non ti aspettassi questo quando hai firmato per diventare un agente dell'FBI.»

Gli sorrido. «No, questa non è mai stata nemmeno un'opzione remota. Lavorare sotto copertura, sì. Ma tradire il mio Paese, no.»

«Non stai tradendo il tuo Paese» dice Anton. La sua fronte è tesa e mi prende la mano mentre camminiamo insieme lungo la strada asfaltata che porta al negozio.

«Sembra di sì» sussurro. «Ma ti prometto che puoi fidarti di me. Non contatterò l'FBI per fargli sapere dove siamo.»

«Bene» dice e smette di camminare. Le sue mani iniziano a perquisirmi. «Il cellulare?» chiede.

«Nella mia borsa, a New York.»

Finisce di perquisirmi un po' troppo intimamente prima di allentare la presa. «Ecco perché non ti sei offerta di pagare il biglietto del treno o dell'autobus. E io che pensavo che ti aspettassi solo che fossi cavalleresco.»

«Tu, cavalleresco?» Rido.

«Non spacciarti per l'eroe della giornata. Nikita è stato il vero eroe, più di te.»

«Ahi.» Solleva la mano destra al petto come se l'avessi offeso. Un sorriso ironico si muove agli angoli delle sue labbra. «Perché non sei scappata?»

«Non sarei andata lontano. Inoltre, sono addestrata a disarmare una minaccia. Non avevo intenzione di lasciare indietro il tuo culo piagnucolante.» Gli do una gomitata mentre camminiamo. Non riesco a smettere di pensare a quello che ha detto quando eravamo a pochi secondi dalla morte.

Ti amo.

Le sue parole mi risuonano in testa come un disco rotto, ancora e ancora.

L'aveva detto per sopravvivere? Per cercare di ottenere un terreno comune con il suo collega e amico Nikita? O lo aveva detto sul serio?

«È l'unico motivo?» sorride Anton. «E io che pensavo che fosse perché volevi essere il mio eroe.»

Il Walmart è a un passo da noi, attraversiamo il parcheggio. Non posso fare a meno di scrutare i veicoli vicini, guardandomi intorno in cerca di qualsiasi segno di pericolo. Siamo lontani da New York, ma l'FBI ha uffici in tutto il paese.

Come abbiamo fatto a passare inosservati alla stazione ferroviaria? C'erano dei filmati di sorveglianza e, sebbene Anton avesse preso un cappellino da baseball per coprirsi il volto, ero comunque un bersaglio facile da individuare.

«Come va la gamba?» chiedo. Sul treno e sull'autobus eravamo stati seduti. Non abbiamo mai dovuto camminare così tanto e Anton cerca di nascondere il suo disagio.

«Va tutto bene. Non preoccuparti per me» dice Anton. È un uomo duro, ma non deve fingere di stare bene quando è con me.

«È difficile non farlo quando mi rallenti» lo rimprovero, dandogli un'altra gomitata.

«Se questo è il tuo modo di flirtare, gattina, perché allora dovrai impegnarti di più.»

Alzo gli occhi e abbasso lo sguardo quando entriamo nel Walmart. Ci sono telecamere nel negozio e, ovviamente, nel parcheggio. Non sarà facile non farsi notare, ma se nessuno ci sta cercando nel Montana, allora siamo a posto.

«La tinta per capelli è da questa parte» dico, indicando verso destra.

Anton prende un piccolo cestino e mi segue lungo il corridoio. I miei capelli sono naturalmente biondi e ho la pelle chiara. Prendo la scatola dei capelli rossi perché non credo che riuscirei a essere bruna.

«Rosso? Stai cercando di farci scoprire.» Prende un colore marrone scuro, guarda la scatola e poi di nuovo me. Probabilmente si rende conto che la mia carnagione è troppo chiara per avere i capelli scuri. Grugnisce e poi afferra la scatola rossa, facendola cadere nel carrello.

È a metà del corridoio quando cerco di raggiungerlo, mentre gira a destra e si aggira per il corridoio dei rasoi. «Devo tagliarmi la barba.»

«Tagliarla o rasarla?»

Non voglio ammettere che mi piaccia la sua barba. Diamine, mi piace tutto di lui, e sono consapevole che non dovrebbe. Sarei più al sicuro se gli rubassi un paio di dollari e me la svignassi. L'FBI può proteggermi. Giusto?

D'altra parte, due membri della Bratva sono riusciti a entrare al quarto piano e a catturare Anton senza incidenti, finché non sono arrivata io.

«Rasarmi quella dannata cosa e dovrei anche tagliarmi un po' i capelli.» Prende un rasoio elettrico dallo scaffale.

Su mia insistenza, passiamo venti minuti a curiosare tra i corridoi, a prendere un nuovo cambio di vestiti e il necessario per pulire la ferita. Dopo aver finito di fare la spesa e di pagare, andiamo insieme nel bagno per famiglie e lo aiuto nel punto in cui il proiettile gli ha sfiorato la coscia. Avrebbe potuto pulirsi da solo. Non sembra grave. C'è un po' di sangue secco e i suoi pantaloni hanno un buco a causa della ferita, ma il sangue non si nota sui suoi vestiti grazie ai pantaloni neri.

Finiamo in bagno e usciamo, lungo la strada dove abbiamo concordato di incontrare Declan. Non so nulla dell'uomo che ci verrà a prendere, solo che Nikita ha insistito perché ci fidassimo di lui. E che ci aveva salvato la vita.

È sufficiente?

Sono nervosa. Non avere la mia arma d'ordinanza o una scorta non è l'ideale. Ma ho imparato a fidarmi di Anton. Ha chiarito le sue intenzioni.

E io? Sto ancora cercando di capire cosa voglio.

Però non l'ho abbandonato, quindi forse so qualcosa di quello che voglio.

Porta le borse lungo la strada, camminando al mio fianco. Anton cammina all'esterno della strada, tenendomi al riparo dall'erba. Non so se sia intenzionale o meno.

«Era vero?» chiedo, incapace di resistere alla domanda che indugia nella mia testa da troppo tempo.

«È vero cosa?»

Ho quasi paura di pronunciare le parole ad alta voce, temendo che possa ridere o dirmi che era solo una recita per tenerci entrambi in vita. «Che mi ami.»

Anton tiene una mano sulle borse e con l'altra mi cinge la vita, spingendomi a camminare al suo fianco. «Certo, è vero. Non lo avrei mai detto se non lo pensassi davvero.»

«Anche con una pistola puntata alla testa?» È proprio quello che è successo. Era stato uno scenario adrenalinico e improvviso.

«Lo ripeterei anche senza una pistola puntata alla testa.»

Smetto di camminare e inspiro un respiro profondo. «Non sappiamo quasi nulla l'uno dell'altro.» Quello che sa di me era per lo più una recita. Fare la ballerina esotica non era affatto qualcosa per cui mi sentissi a mio agio. Ho avuto qualche esperienza selvaggia durante gli anni dell'università, ma lavorare per Anton, anzi, ballare per lui sulla sua scrivania, è stata la mossa più audace che abbia mai fatto.

Anton mi stringe il fianco mentre camminiamo insieme lungo la strada. «Non c'è momento migliore del presente.»

————

Nel giro di un'ora ci viene a prendere un ragazzaccio dai capelli scuri e amante dei tatuaggi. Ok, forse la parte del ragazzaccio non è del tutto veritiera. Sembra molto più dolce di tutti gli uomini della Bratva che ho incontrato.

Guida per poco più di un'ora prima di raggiungere la città di Breckenridge e di dirigerci verso la montagna in una zona ancora più remota della città.

«Grazie per averci aiutato» dico. Sono seduta sul sedile posteriore, mentre Anton siede davanti con Declan.

«Non che avessi molta scelta» dice Declan, poi ride. «La famiglia è famiglia, anche quando meno te lo aspetti.»

Mi si secca la gola. «Sei un Bratva?»

«No, cavolo» sbuffa lui, sconvolto dalla mia domanda. «La mia ragazza, Katie, beh, sua sorella esce con uno dei membri della Bratva. Forse la conosci: si chiama Lucy.»

«Lucy esce con Nikita» dice Anton mentre mette insieme i pezzi. «Il mondo è piccolo.»

Espiro pesantemente e mi pizzico il ponte del naso. Perché Nikita ci ha aiutati? Per lealtà verso Anton? Non dovrebbe essere fedele a Mikhail?

Suppongo che non abbia importanza. Nikita ci ha tenuti in vita.

«Il mondo è abbastanza piccolo da pensare che mandarvi qui vi avrebbe tenuti al sicuro. Faremo quello che possiamo mentre restate qui. Vi procureremo nuovi documenti e identità.»

«Lo apprezzo molto» dico.

Declan ci porta su per la montagna e gira nel parcheggio di un'officina meccanica. «Siamo arrivati.» Spegne il motore e scende prima di me e Anton.

Mi guardo intorno. Siamo nel bel mezzo del nulla, il che va bene per nascondersi, ma non per molto altro. Non c'è vita notturna qui intorno. Probabilmente, non c'è nemmeno molto da fare.

Anton prende le nostre borse di Walmart dal bagagliaio e le porta con una mano. Segue Declan mentre ci fa strada nell'officina. Saliamo una serie di scale di legno scricchiolanti e Declan apre la porta d'ingresso, consegnando le chiavi ad Anton.

«Potete stare qui finché non decidiamo cosa fare di voi due» dice Declan.

«Grazie.» Entro nell'appartamento sopra l'officina. «Vivi qui?» chiedo, non volendo metterlo fuori gioco. Chiudo la porta dopo essere entrata per ultima e blocco la serratura.

«Vivevo qui. Al momento è sfitto» dice Declan. «È un monolocale, non enorme, ma per il momento dovrebbe andare bene.»

«Ce la faremo» dice Anton. «Grazie.»

Declan prende il telecomando e accende la televisione, mostrando ad Anton come funziona il televisore e facendoci fare un giro dell'appartamento. Probabilmente potremmo cavarcela da soli, ma lui cerca di essere gentile e accogliente.

Siamo lontani da casa. I newyorkesi sono sempre di fretta. Non ricordo che nessuno sia mai stato così ospitale prima d'ora, a meno che non fosse assolutamente necessario, e anche in quel caso non era mai scontato. Declan ci consegna un cellulare a testa. «Usateli per contattarmi. Ho già salvato il mio numero e quello del mio ufficio, nel caso aveste bisogno di qualcosa e non riuscite a raggiungermi. Dove sono i vostri vecchi cellulari?»

«Il mio è al lavoro» dico, tralasciando la parte in cui è all'edificio dell'FBI.

«Il mio l'ho lasciato a New York» dice Anton.

«Bene. Non devi contattare nessuno di casa o del tuo passato. Se fai un errore, ti porterai la Bratva davanti alla porta. È chiaro?» Declan sembra puntare la sua domanda su di me, come se non sapessi quale pericolo mi aspetta.

«Capito» rispondo.

Deglutisco nervosamente quando alzo lo sguardo verso il telegiornale della sera che si concentra su un segmento che mostra la foto di Anton e poi la mia, raccontando gli eventi accaduti a New York. Lo stomaco mi si rivolta e guardo con riluttanza Declan.

«Non mi avevi detto di essere un agente federale.» Si passa una mano tra i capelli. «Questo complica le cose perché lavoriamo a stretto contatto con le forze dell'ordine locali» dice Declan.

«Vuoi che mi costituisca?» chiede Anton.

Non so se la domanda sia rivolta a Declan o a me.

«No! Ti sei costituito per salvarmi e questo è quello che è successo.» Faccio un gesto verso la televisione, sconvolta dalle accuse rivolte a entrambi. «Quel viscido dell'agente Oliver Danvers voleva prenderti. Ti ha arrestato senza accusarti di un reato e ti stava trasferendo fuori. Non mi sorprenderebbe se avesse intenzione di fabbricare delle prove per tenerti dietro le sbarre.»

Gli occhi di Declan si allargano. «Resta qui. Manderò uno dei nostri al negozio di alimentari. Scrivi una lista di cose che ti servono e te le porterò.» Prende un blocco vicino al frigorifero e una penna. «E qualunque cosa facciate, non fate entrare nessun altro.»

———

«C'è solo un letto» dice Anton guardando la camera da letto dell'appartamento.

«Non c'è problema. Puoi prendere il divano.»

Sorride e ride mentre io scrivo a Declan la lista della spesa. Ci ha chiesto di fare una foto della lista e di mandargliela via sms quando abbiamo finito. Dopo il lavoro passerà con la spesa e la cena.

«Oppure potremmo dividere il letto.» Anton mi fissa con lo sguardo. «O tutta quella passione non era che una recita?»

Il respiro mi si blocca in gola. Non è che non abbiamo mai dormito insieme, ma è stato quando pensava che fossi solo una ballerina. «Dicevi sul serio prima, quando hai detto di amarmi?» Non riesco ancora a capire perché l'abbia detto o perché sia entrato nel palazzo dell'FBI per avvertirmi che Mikhail mi vuole morta.

«Non riesco a smettere di pensarti, di essere ossessionato da te, ogni minuto di ogni ora.»

Si accascia sul divano, con le braccia tese sullo schienale della sedia.

Sono tentata di sedermi accanto a lui, lasciare che mi consoli e ricadere in ciò che mi sembra familiare. «Mi hanno detto che ho questo effetto sui ragazzi cattivi.»

Ridacchia e mi fa cenno di avvicinarmi. Vuole che mi sieda accanto a lui.

C'è solo un divano, nessun altro mobile oltre al piccolo tavolo da pranzo per sedersi a guardare la televisione. L'appartamento è fatto per una sola persona, in due ci si sta stretti, ma va bene per noi, per stare fuori dai radar di tutti.

«Mi consideri un ragazzaccio?»

Sta cercando di flirtare con me? Perché è così lontano dall'essere cattivo, che non sono nemmeno più sicura di cosa sia. D'altra parte, ha sacrificato la sua felicità per proteggermi. Ha lasciato la sua famiglia, la Bratva, per me.

Cattivo non mi sembra proprio adatto. Moralmente grigio, forse?

«Sei unico nel tuo genere» dico, e non in senso negativo.

Lasciarlo sarebbe crudele e lascerebbe un enorme vuoto nel mio cuore. Forse non è l'unico a essere ossessionato, ultimamente.

Ho dormito a malapena la notte in cui Anton ha scoperto la verità su chi lavora per me. Avrei dovuto fare le valigie e andarmene di corsa dall'appartamento, ma invece mi sono girata e rigirata fino all'alba.

Non riuscivo a pensare ad altro che a lui. A come l'ho ferito, tradito, e sì, era il mio lavoro, ma non mi sentivo affatto bene per quello che era successo.

Mi aspettavo di essere euforica per aver sconfitto la Bratva. Non era così che immaginavo che sarebbe andato l'incarico sotto copertura, io che fuggivo con il nemico, cercando di sopravvivere.

«Anche tu non sei male, gattina» dice Anton.

Mi avvicino al divano e mi siedo accanto a lui. La sua mano mi accarezza il collo, le sue dita girano tra i miei capelli biondi. Non abbiamo ancora cambiato aspetto, ma so che sta per arrivare anche quel momento.

«Mancano poche ore al ritorno di Declan. Vuoi sdraiarti per un paio d'ore e rilassarti? Potrei metterti quelle manette di metallo.»

Il suo sguardo mi fa battere forte il cuore pensando a tutte le posizioni che potremmo esplorare in quella camera da letto, solo noi due.

«Peccato che le abbia lasciate nel retro del furgone» dico. Si china leggermente in avanti. Le nostre labbra quasi si toccano, ma lui non mi bacia. Il calore tra noi sfrigola e io inspiro, assaporando il suo profumo maschile. Vorrei mettermi a cavalcioni su di lui, passargli le dita tra i capelli e baciarlo con forza.

«È un peccato» dice lui, senza mai lasciare il mio sguardo. I suoi occhi si sono scuriti e si sposta leggermente sul divano. Sarebbe facile non accorgersene. «Io ci tengo a te, Savannah.»

Il modo in cui pronuncia il mio nome mi manda in tilt. Ho caldo, la stanza è calda e devo ricordargli che dobbiamo stare attenti. Chiunque avrebbe potuto vederci entrare insieme nell'appartamento. La polizia potrebbe arrivare in qualsiasi momento e buttare giù la porta.

Ma siamo in mezzo al nulla, a centinaia di chilometri da New York.

Non sta arrivando nessuno.

Siamo solo noi due, da soli.

E dovrò affrontare il fatto che Anton è seduto accanto a me e non l'ho ancora baciato. Voglio desiderarlo più di ogni altra cosa, ma sono combattuta. È sempre stata una recita, qualcosa che ho fatto per il lavoro, non per me.

Niente fraintendimenti. Mi sono goduta ogni minuto di lui nudo. Devo accettare che qualsiasi cosa accada, da questo momento in poi è solo perché è ciò che desidero.

Questo mi spaventa.

Perché?

Non ho mai avuto una relazione seria. Sono uscita con qualcuno e ho giocato un po', ma non sono mai stata selvaggiamente innamorata. E il desiderio che sta nascendo dentro di me è qualcosa di estraneo. È nuovo e sconosciuto. Sebbene l'abbia attribuito al lavoro e ai miei ormoni quando ballavo per lui e ci andavo a letto prima, non posso più mentire a me stessa.

Non è l'unico ossessionato.

Sono solo terrorizzata dalle implicazioni. Ho lasciato il mio lavoro al Bureau e sono in fuga con un criminale.

Che cosa ho fatto? Il mio respiro aumenta. Questa volta non è eccitazione, ma paura.

Anton percepisce che qualcosa non va. La sua fronte si aggrotta e con la mano mi accarezza delicatamente il collo. «Cosa c'è?» mi chiede.

«Non è per questo che ho firmato» sussurro, chinandomi in avanti con la testa tra le mani.

«Non hai mai pensato che sarebbero stati loro i cattivi quando sei entrato nell'FBI?»

«Dobbiamo eliminare quell'agente corrotto» dico.

«E come faremo?» Anton è più saggio dei suoi anni. È calmo e razionale mentre mi ascolta parlare.

Sinceramente, non lo so. Se lavorassi con Barrett o con chiunque altro al Bureau, sapranno dove siamo, mettendo Anton in pericolo. Non posso fargli questo, non dopo che ha rischiato la sua vita per salvare la mia.

La sua mano è morbida contro la mia schiena, rassicurante.

Espiro un lungo sospiro e lui mi tira contro di sé, abbracciandomi.

«Giuro che non permetterò che ti accada nulla.»

Anche se apprezzo il sentimento, probabilmente sono meglio equipaggiata in termini di competenze e addestramento per proteggerlo. «Lo so» dico e offro un debole sorriso.

«Che ne dici di prendere quella scatola di tinta per capelli e le forbici per tagliare i capelli?»

Le sue parole sono come una palla di piombo nella bocca dello stomaco. Se vogliamo essere irriconoscibili, non c'è molta scelta. Soprattutto se le nostre foto vengono diffuse dai notiziari nazionali.

Anton mi prende per mano e mi accompagna in bagno. Non è difficile trovarlo nel piccolo e accogliente appartamento sopra il negozio. «Prima il colore o il taglio?» mi chiede.

Apro la scatola di tintura per capelli e do un'occhiata alle indicazioni. «Colore. I miei capelli devono essere asciutti, mentre è meglio tagliare i capelli bagnati.»

«Vuoi che ti aiuti a colorare i capelli?»

«Posso farcela. Assicurati solo che non sia tutto uniforme quando ho finito.» Mi spoglio, lasciando reggiseno e mutandine. Preparo la miscela e lo sguardo di Anton si sofferma sul mio corpo un po' più a lungo del previsto.

«Non hai altro da fare?» chiedo, gesticolando verso la borsa. Deve ancora radersi la barba.

Il suo labbro superiore si contrae. Anton non sembra minimamente compiaciuto del mio richiamo, ma afferra il rasoio elettrico e lo prepara, collegandolo alla presa per caricare l'apparecchio. «Deve caricarsi» borbotta sottovoce.

Non credo che sia deluso dall'attesa. Il suo sguardo torna su di me o, più precisamente, sul mio corpo, mentre mi osserva con la tintura per capelli.

In pochi minuti ho spalmato abbastanza tinta dalla radice alla punta. Per fortuna, i guanti di plastica evitano che le mie mani si macchino di rosso.

«E adesso?» mi chiede.

«Aspettiamo. Imposta un timer» gli dico e gli do le ultime istruzioni prima di sedermi sul coperchio chiuso del water. L'ultima cosa che voglio è trascinare il colore dei capelli in giro per l'appartamento e macchiare il divano di Declan. È stato così generoso da lasciarci dormire qui, per il momento. Non voglio rovinare le sue cose.

«Aspettare?» chiede Anton, con le labbra che si incurvano in un sorriso ironico.

«Cos'altro avevi in mente?» Chiedo.

«Mi vengono in mente un paio di cose» dice con un ghigno.

«Non succederà. Se ricopriamo le sue pareti di tintura rossa, non dovremo preoccuparci dei federali o della Bratva. Declan ci ucciderà.»

«Ti preoccupi troppo» dice Anton avvicinandosi. «Scommetto che riusciremo a evitare che il colorante finisca ovunque.»

«È chiaro che non ti sei mai colorato i capelli. Vuoi avere la tinta rossa sulla pelle?»

Si stringe le labbra, come se non avesse nemmeno considerato questa possibilità. «Se questo significa che mi appartieni, mi sta bene.»

«Non era la risposta che mi aspettavo» dico. «Abbiamo bisogno che il rosso abbia un aspetto naturale. Se vai in giro con la tintura rossa sulle mani e...»

Mi interrompe. «Potrei indossare dei guanti.»

È ostinato, glielo concedo. «Intendi i guanti che ho buttato via?»

«Sono sicuro che ce ne sia altro paio da qualche parte qui intorno.» È chinato e armeggia con il mobile sotto il lavandino, frugando qua e là.

«Vuoi solo curiosare» dico.

Chiude l'armadietto, non trovando quello che sta cercando all'interno. «Se stessi curiosando, starei frugando nell'armadietto dei medicinali. Non è una cattiva idea.» Si alza e apre l'armadietto dei medicinali, dando un'occhiata agli articoli da bagno.

Dalla mia posizione seduta, non c'è traccia di medicinali prescritti, ma solo di antiacidi e antidolorifici da banco.

«Niente di interessante» borbotta.

«Sembri deluso.»

Il timer suona sul suo orologio. «Il tempo è scaduto» dice. «È l'ora della doccia?» Il sorriso gli cresce sul viso.

«Sì, ma mi dai cinque minuti di vantaggio per sciacquare la tintura?»

Anton geme come se fosse una bomba a orologeria che potrebbe esplodere se non riuscisse a entrare nella doccia insieme a me. «Cinque minuti? Sono una vita.»

«Non lo sono.» Mi alzo e apro il rubinetto, preparo la doccia e mi assicuro che la temperatura sia abbastanza calda.

Mi spoglio degli ultimi resti di vestiti che indosso e Anton mugola. «Vedi qualcosa che ti piace?» gli dico, al di sopra delle mie spalle, e noto che ha la mascella spalancata.

Ha la mascella aperta e, pur avendo già visto tutto, è come se non ne avesse mai abbastanza. Conosco la sensazione, anch'io vorrei divorare ogni centimetro di lui, ma almeno uno di noi deve avere un briciolo di autocontrollo.

«Vieni dentro. Mi fai morire, gattina.»

Ridacchio e spingo la tenda da parte mentre entro nella doccia. Metto la testa all'indietro sotto il getto e mi insapono i capelli, lasciando scorrere l'acqua finché non diventa limpida.

«Cinque minuti» dice Anton, senza aspettare che gli dica che sono pronta.

Tira indietro la tenda e ridacchia. «Sembra esserci stato un massacro qui dentro.»

Gocce di tinta rossa macchiano sulle pareti della doccia e colano sul mio corpo.

«Non è poi così male» ribatto.

Lui prende il getto della doccia – il soffione rimovibile – e sciacqua prima le pareti e poi la mia pelle, eliminando ogni traccia di tinta rossa. «Girati» mi dice.

Faccio come dice, mi giro e lui continua a bagnare i miei capelli con il soffione, lasciandoli gocciolare lungo il mio corpo, per poi far scorrere l'acqua nello scarico. «Ho sentito dire che queste possono far urlare una donna» dice Anton, tenendo in mano il manico del soffione.

Ridacchio alla sua osservazione. «Non quanto puoi farlo tu» ribatto e mi giro per dargli un bacio sulle labbra.

Lui riattacca il soffione prima di posare le sue labbra sulle mie, le sue mani mi cingono la vita e mi stringono contro di lui.

È quasi asciutto e io lo bagno con la mia pelle umida premuta contro la sua. Faccio un passo indietro, trascinandolo con me sotto lo spruzzo. «Dobbiamo pulirci entrambi» dico.

Sporco e sudiciume scivolano lungo il suo corpo. Siamo ricoperti dalla sporcizia del bosco. Cerca di nascondere la smorfia quando l'acqua gli colpisce la gamba, dove il proiettile gli ha sfiorato la carne. La ferita non è profonda, ma probabilmente brucia ancora, e l'acqua che batte sulla pelle non allevia il suo dolore.

Afferro la saponetta e la sfrego tra le mani. Anton mi fa girare, con la schiena premuta contro il suo petto. Mi spinge i capelli da una parte e le sue labbra calano sul mio collo in baci morbidi.

«Dobbiamo pulirci» dico, «prima che Declan torni.»

«Ci vorrà qualche ora. Dubito che ci sia un negozio di alimentari vicino a questo posto.»

Non sono altrettanto fiduciosa, ma mi adeguo volentieri, accettando la sua risposta come un dato di fatto. Vorrei che avesse ragione perché questo significherebbe che abbiamo il posto tutto per noi e per fare quello che vogliamo.

Le sue labbra volano contro il mio collo e dal fondo della mia gola fuoriescono fusa profonde, non volute.

«Sei il mio gattino» dice, ringhiandomi nell'orecchio.

Le sue parole mi fanno scorrere un brivido lungo la schiena, che lui indubbiamente nota e di cui si compiace.

«Dovremmo finire prima che l'acqua si raffreddi» mugolo, cercando di mantenere una piccola parvenza di pensiero razionale.

«Potremmo farlo» dice, «oppure un'altra idea che sarà molto più piacevole.»

«Ci scommetto» dico e mi giro, facendo scivolare le braccia intorno al suo collo. «Ma prima devo mettere il balsamo speciale per capelli.»

Il suo naso si corruga, divertito. «Stai cercando di dirmi qualcosa?»

«Tipo cosa?» chiedo e bacio velocemente le sue labbra prima di districarmi dal suo corpo. Afferro il tubetto di balsamo per capelli e me lo spalmo sulle mani prima di passarmelo tra i capelli.

«Lascia che ti aiuti» mi dice. Le sue dita mi pettinano i capelli e i miei occhi si chiudono all'istante. Il suo tocco è meraviglioso, delicato, ma deciso. È rilassante, soprattutto alla luce di quello che abbiamo passato di recente. Con Anton mi sento al sicuro e protetta.

L'acqua comincia a scorrere fredda e limpida. Finiamo la doccia ed entrambi prendiamo un asciugamano soffice per asciugarci. Tengo l'asciugamano avvolto intorno al mio busto, mentre quello di Anton è intorno alla sua vita. Si veste piuttosto velocemente con i nuovi vestiti che abbiamo comprato, un paio di jeans e una maglietta nera. Giuro che non l'ho mai visto così sexy, beh, tranne che da nudo.

Dopo che Anton si è vestito, continuo a tenermi l'asciugamano intorno al corpo mentre lui mi taglia con cura i capelli, più corti, centimetro per centimetro. Gli do indicazioni, spiegandogli cosa fa la parrucchiera a casa e come mi taglia i capelli.

Non vuole togliere troppo, e devo ammettere che è cauto e metodico.

«L'hai già fatto prima?» chiedo.

«In genere non ho l'abitudine di frequentare belle signore e tagliare loro le ciocche, no.» Un sorrisetto gli adorna il viso mentre si mette davanti a me, controllando la lunghezza, assicurandosi che i miei capelli siano uniformi. «Dovrò tagliarne altri. Assomigli ancora troppo a te.»

Non sarebbe male se non stessimo cercando di eludere i federali e la Bratva. «Fai pure. Mi fido di te.»

Mi guarda, fissandomi con lo sguardo.

Inspiro affannosamente.

Dovrei fidarmi di Anton?

Ho messo la mia vita nelle sue mani, ho attraversato il Paese, mi sono nascosta con lui tra le montagne del Montana. Avrei potuto fuggire, lasciarlo e tornare all'FBI.

Non avevo fatto nulla di male. Ero stata presa in ostaggio, ma ora la storia che avevamo visto in televisione mi faceva sembrare coinvolta, che forse avevo qualcosa a che fare con l'evasione di Anton e con il recupero dello stesso da parte della Bratva.

Chi c'era dietro quella notizia? Quell'agente del cazzo aveva deciso di puntare il dito contro di me per proteggere la sua carriera e la sua reputazione?

«Sembri incazzata» dice Anton. Continua a tagliare le ciocche ancora troppo lunghe, centimetro dopo centimetro, facendo attenzione che sia tutto pareggiato, o quasi, prima di scegliere se accorciarle.

«Continuo a pensare a quel verme schifoso» dico.

Anton sorride. «Dovresti imprecare di più.»

«Ti stai prendendo gioco dei miei insulti?» gli rivolgo un'occhiataccia.

Mi fa cenno di girarmi mentre si posiziona dietro di me. «Smettila di muoverti, o ti taglierai i capelli.»

«Non ti avvicinare ai miei capelli con quell'affare» dico e indico il bancone su cui il rasoio elettrico è ancora collegato. La luce rossa lampeggia mentre continua a caricarsi.

«Rilassati.»

Cerco di seguire il suo consiglio, ma non è così facile. Quando finalmente ha finito di tagliarmi i capelli, salto di nuovo sotto il getto della doccia per sciacquare i capelli in eccesso che mi sono rimasti appiccicati addosso.

Non trascorro molto tempo sotto la doccia, perché l'acqua calda ha avuto appena il tempo di riempirsi, non è ancora gelida, ma lo sarà presto.

Chiudo la doccia ed esco. Anton si sta tagliando la barba al lavandino.

«Hai abbastanza carica.»

«Lo scopriremo.» Riesce a radersi la barba completamente prima che il rasoio elettrico muoia e debba essere collegato di nuovo.

Anton brontola.

Mi mordo il labbro per non dirgli che avrebbe dovuto aspettare di più. Deve ancora tagliarsi i capelli, anche se non so quanto intenda accorciarli. Non che abbia i capelli lunghi come li avevo io prima che li tagliasse.

Mi vesto con un paio di jeans scuri e una camicia bianca con una leggera stampa floreale. La camicia è carina, ma non è di quelle che indosso di solito. Forse si adatta meglio alla mia nuova personalità. Declan insisterà per un cambio di nome per entrambi? Non riesco a immaginare di poter continuare a essere Savannah e Anton, dato che sembra che tutto il mondo ci stia cercando.

Mi avvolgo i capelli umidi in un asciugamano per evitare che la tinta macchi la camicia bianca fresca. Probabilmente, dovremo a Declan almeno qualche asciugamano, oltre a un enorme grazie per averci aiutato.

Cerco nell'appartamento, trovo alcuni prodotti per la pulizia nell'armadio, poi raccolgo i capelli e li butto in un sacchetto nella spazzatura. Dopo che Anton avrà finito, ci sarà ancora molto da fare, ma almeno una parte è stata ripulita.

Quando ho finito, crollo sul divano, esausta.

Il rasoio elettrico ronza forte dal bagno mentre Anton si taglia i capelli, cercando di cambiare il suo aspetto come ho fatto io. Quando si spegne, lo sento imprecare. Cerco di non ridere. «Di nuovo senza batteria?»

L'uomo non è particolarmente paziente nell'aspettare che si ricarichi completamente.

Si è tagliato metà della testa e l'altra metà è ancora piena di capelli. «Bel look.» Cerco di trattenermi dal ridere.

«Non mi farà passare inosservato» borbotta lui.

«Non andremo da nessuna parte per un po'. Lascia che finisca di caricarsi.» Gli faccio cenno di sedersi sul divano accanto a me.

Si accascia sul divano, sfiorandomi. Mi sposto e mi volto verso di lui, le mie dita scorrono tra i suoi capelli e gli stuzzicano la nuca. «Giuro che se mi dici che sono sexy così e di tenere i capelli in questo modo, mi metto a urlare.»

Sposto il peso in avanti e le mie labbra sfiorano le sue. «Non stavo per suggerire questo» sussurro contro le sue labbra.

«Stavi per suggerire qualcos'altro?» Alza un sopracciglio. «Perché potrei essere d'accordo.» Il suo sguardo acceso mi fa rabbrividire e mi tira sulle sue ginocchia. Sento la sua erezione premere contro i jeans, cercando di liberarsi.

«Hai una passione per le rosse?»

«Solo per una» confessa Anton. «Potrebbe anche essere calva e vorrei comunque scoparmela.»

«Beh, speriamo, per il bene di entrambi, che questo non sia nelle opzioni.» Striscio i fianchi contro i suoi.

Anton geme e le sue mani mi accarezzano i fianchi, scivolando brevemente sotto la camicia. Il suo tocco è caldo e metodico. È calmante ed eccitante allo stesso tempo, manda il mio corpo in tilt.

Questo non è più un incarico. Non è solo un uomo con cui vado a letto per avere informazioni. Se succede, è perché lo faccio per me, perché è quello che voglio. Lui è ciò che voglio.

«È tutto il pomeriggio che mi stuzzichi» dice Anton. Il suo viso è rosso e percepisco la sua urgenza. La sento anch'io, bisognosa, disperata, desiderosa di liberazione più di ogni altra cosa.

Le sue dita mi accarezzano la punta dell'orecchio, stuzzicando il lobo prima che la sua bocca mi succhi il collo. Gemo e mi contorco, le mie viscere si scaldano per le sue attenzioni. «Ti piace?» sussurra contro il mio collo.

Borbotto qualcosa senza senso, le mie palpebre si fanno pesanti. Ho caldo. L'appartamento è soffocante, ma credo che abbia più a che fare con la presenza di Anton che con la temperatura della stanza.

Mi toglie l'asciugamano dai capelli e lo lascia cadere sul pavimento. Mi sposta la maglietta su e sopra la testa. Mi pizzica la parte posteriore del reggiseno, slacciando la chiusura metallica, e mi fa scivolare le spalline sulle spalle.

Sollevo i fianchi quanto basta per sbottonare i jeans e lasciarli cadere a terra in un mucchio. «Hai troppi vestiti addosso» dico, lamentandomi del fatto che io sono quasi nuda e lui completamente vestito.

«Sei tu quella sexy» mi sussurra contro l'orecchio, strattonandomi il lobo inferiore.

Gemo e le mie viscere si sciolgono per le sue parole.

«Spogliami» ordina Anton e io lo accontento volentieri. Le mie dita sfiorano i suoi addominali mentre sollevo la maglietta nera e gliela tolgo dalla testa, gettandola dietro il divano sul pavimento al centro della stanza. Sollevo i fianchi e mi giro su un lato di lui mentre lo aiuto a togliersi i pantaloni e i boxer. «Brava ragazza» dice, soddisfatto che abbia eseguito i suoi ordini.

Il modo in cui dice "brava ragazza" mi fa battere forte il cuore e quasi mi fa svenire, mandandomi in subbuglio. Le mie dita scendono verso il suo cazzo e lo stuzzicano, rendendolo ansioso, in attesa del mio tocco.

«Voglio sentire la tua bocca che mi avvolge» dice Anton.

Mi inginocchio e lo prendo in bocca, leccando e succhiando la sua asta.

Le sue dita si aggrovigliano tra i miei capelli. Ascolto i suoi gemiti e lecco e assaggio ogni centimetro di lui.

«Brava ragazza» grugnisce, e i suoni che emette mi fanno già sentire dolorante e gocciolante per lui. Non oso ammettere quanto mi ecciti succhiargli il cazzo. È sempre stato un lavoro, non necessariamente un desiderio.

Ma con Anton mi piace guardare la sua faccia, ascoltare i suoi suoni e soddisfare l'uomo.

Si dimena, è in tensione e si avvicina sempre di più. «Fermati!» Mi allontana la testa e io mugolo in segno di protesta. «Non ancora» dice, boccheggiando.

Il cuore mi batte all'impazzata contro il petto mentre mi abbasso le mutandine e rimango completamente nuda per Anton. Mi metto a cavalcioni sui suoi fianchi, il suo uccello è viscido e desideroso mentre mi metto a cavalcioni su di lui.

Ansimo quando mi riempie, le mie dita scavano nella sua spalla per le sue dimensioni. Non è che non l'abbiamo fatto di recente, ma ogni volta sembra che mi allunghi, provocando un misto di dolore e piacere.

«Cazzo, gattina» grugnisce nel mio orecchio mentre inizio a spingere. Il suo cazzo è stretto dentro il mio calore e uso le mani sulle sue spalle per fare leva, ritirandomi lentamente prima di sbatterlo di nuovo dentro di me.

Giuro che quell'uomo esploderà prima di me e che sta facendo di tutto per mantenere il controllo. «Bella scopata?» chiedo, anche se sono sicura di conoscere già la risposta.

«Dio, sì...» mormora.

Anton fatica a tenere gli occhi aperti. Le sue labbra si aprono e si china, schiacciando le mie labbra contro le sue.

«Cazzo, sì.»

Le mie viscere dolgono, sono attraversata da una pulsazione. Mi stringo al suo cazzo, con le dita dei piedi che si arricciano, ansimo a ogni nuova ondata di euforia che mi investe come un'onda nell'oceano.

Mi morde le labbra e non riesco a capire se è intenzionale o se è il suo bisogno di venire che lo fa quasi delirare.

Gemo e rabbrividisco mentre lotto per tenere gli occhi aperti, fissandolo. È bellissimo, ogni centimetro di lui. Ansimo e gemo, non riuscendo a trattenere i miei suoni. Voglio che sappia che sto godendo di questa situazione con lui e di come mi fa sentire.

«Vieni per me» sussurra contro il mio orecchio. Si sforza di aprire gli occhi e le sue labbra divorano le mie. I suoi fianchi oscillano e si spingono contro i miei, facendomi impazzire. Le sue dita si avvicinano, accarezzando il mio clitoride a ritmo di ogni spinta, mentre lo faccio scivolare dentro e fuori di me.

Ansimo e gemo mentre i fuochi d'artificio illuminano il cielo notturno come se fosse il 4 luglio. Giuro che il mio cuore potrebbe uscire dal petto, talmente batte forte contro la mia cassa toracica.

Crollo contro di lui mentre grugnisce e geme, unendosi a me nell'oblio.

Ansimando, cerco di riprendere fiato, scivolando via dal corpo di Anton mentre mi distendo sul divano, appoggio le gambe contro di lui.

Lui ridacchia e le sue dita mi stuzzicano le cosce. «Stai cercando di alludere a qualcosa...?» mi chiede, trovando con le dita la mia umidità.

«Non lo stavo facendo» confesso. «Ma ora che mi ci fai pensare...»

«Qual è il numero di volte in cui sei riuscita a venire in una sola notte?» mi chiede Anton.

«Con un partner, due o tre» dico.

Lui sorride selvaggiamente. «E da sola?»

«Non ho tenuto esattamente il conto.» Non è un segreto che io abbia un vibratore. Anton l'ha già visto.

«Il due o tre è un record facile da battere. Che ne dici se ti faccio venire finché non ce la fai più?» Sorride con un luccichio negli occhi. «Dimmi tu quando ne hai avuto abbastanza.»

QUATTORDICI

CAPITOLO QUATTORDICI

Anton

Più tardi, dopo aver completamente soddisfatto Savannah, finisco di radermi i capelli e pulisco il bagno. Ci vestiamo, anche se lei non vuole indossare altro che la maglietta che avevo io prima. Le sta bene, anche se non ho abbastanza vestiti per me.

Alla porta, sentiamo bussare con decisione.

Guardo attraverso lo spioncino prima di aprire.

«È Declan» dico a Savannah.

Si precipita in camera da letto. Presumo che si sia andata a mettere dei pantaloni, visto che è ancora in giro solo con la maglietta. Mi dispiace, ma Declan non ha bisogno di vederla mezza nuda.

Declan ci porta diverse buste di spesa, cibo da asporto e cibo cinese per la cena. Il mio stomaco brontola.

Savannah torna in cucina con un nuovo paio di pantaloncini del pigiama con dei cuori. Sono adorabili e allo stesso tempo vorrei strapparglieli di dosso, ma abbiamo compagnia.

«La cena è in tavola» dice Declan, indicando la borsa da asporto.

Sposto la maggior parte della spesa nel frigorifero, mentre lui prende i piatti e le posate per noi, insieme a due bicchieri.

«Ti unisci a noi?»

Ha apparecchiato solo per due.

«Non per mangiare» dice Declan. «Ma speravo che noi tre potessimo discutere della situazione in modo un po' più dettagliato.»

«Certo» dice Savannah mentre estrae i cartoni di cibo dal sacchetto di carta marrone. «Cosa vuoi sapere?»

«Posso procurarvi a entrambi una nuova identità. Questa è la parte più facile. C'è qualcos'altro che la mia squadra o io possiamo fare per aiutarvi?»

«La sua squadra?» chiedo.

Declan si schiarisce la voce. «Lavoro per la Eagle Tactical. Nikita non te ne ha parlato?»

Segue il silenzio. «Ok, non sono sorpreso. Siamo un'organizzazione che aiuta nelle trattative con gli ostaggi, nella sicurezza privata, nelle missioni di salvataggio, in questo genere di cose. Lavoriamo a stretto contatto con il dipartimento di polizia locale.»

Ne aveva accennato prima, in effetti. «Il vostro rapporto con le forze dell'ordine locali è un problema?»

Savannah mi lancia un'occhiata.

Pensa che lo ucciderò? Ci sta aiutando. Non ho motivo di fargli del male, purché riesca a mantenere segreta la nostra identità e la nostra posizione.

«Dipende. Ho bisogno della verità da entrambi. Cosa diavolo è successo a New York?»

Raccontiamo la storia nei minimi dettagli a Declan, che si siede di fronte a noi al tavolo della cucina mentre divoriamo la cena. Nessuno di noi ha mangiato molto in tutto il giorno, tra il viaggio e il nostro arrivo, non ci sono state molte occasioni per sfamarci.

«Dovrò consultare la squadra» dice Declan.

«Consultare? Perché?» chiede Savannah. La sua fronte è aggrottata e sembra confusa e preoccupata quanto me.

«È necessario?» domando. «Meno persone sono coinvolte, meglio è.»

«Posso occuparmi della maggior parte dei documenti, procurandovi nuove identità, passaporti, questo genere di cose. Ma se volete che l'agente dell'FBI sia consegnato alla giustizia, non potete farlo in segreto.»

«Non deve esser fatto per forza, se no non rischiamo altrimenti che altri vengano a conoscenza della nostra posizione?» osserva Savannah.

«Intendevo dire che lo so solo io. Mi fido ciecamente della mia squadra e dovreste farlo anche voi.»

«Non li conosco» dico. Non che io conosca Declan, ma mi è stato altamente raccomandato. Gli altri non sono stati menzionati.

«Beh, posso assicurarvi che non hanno alcun rapporto con i suoi amici della Bratva.»

«Ex amici» dico. «Vogliono ucciderci entrambi.»

«Giusto» dice Declan e annuisce. «Hanno risorse, ma sono legati alle grandi città. Da quello che sappiamo, posti come Chicago e New York. È improbabile che ti trovino a Breckenridge, purché tu segua le mie istruzioni e non usi il tuo vecchio cellulare o contatti qualcuno a casa.»

«E che mi dici di quella canaglia dell'agente Danvers?» chiede Savannah. «Potrebbe avere legami con i tuoi amici o con le forze dell'ordine locali. E anche se sappiamo che è corrotto, non sappiamo chi altro potrebbe essere sporco nell'FBI.»

«C'è qualcuno di cui ti puoi fidare all'FBI?» chiede Declan.

Scuoto la testa. «Assolutamente no.»

Savannah apre la bocca e sospira. «Il mio agente supervisore non ha mai dato segno di essere corrotto.»

«Ma non sai se possiamo fidarci di lui. Dovrà fare rapporto ai suoi superiori se venisse a conoscenza della nostra posizione. Se è un uomo d'onore come dici tu, non ci permetterà di rimanere nascosti.»

Sospira e stringe le labbra. Sa che ho ragione. Savannah potrà anche uscirne indenne, ma io sarei un uomo morto.

«Posso andarmene» dico. «Tu tieni Savannah qui, proteggila, e io fuggirò. Occupati della situazione dell'agente Danvers e poi potremo incontrarci di nuovo in futuro.» Ammesso che voglia ancora stare con me dopo aver avuto l'opportunità di ottenere il suo lavoro e forse anche di fare carriera.

«No.» La sua voce elimina ogni pensiero di fuga dalla mia mente. «Lo stiamo facendo insieme. Se vado al Bureau di New York, o in qualsiasi altro ufficio, anche la Bratva può trovarmi con la stessa facilità. Diavolo, potrebbero anche aspettarsi che io vada a rilasciare una dichiarazione su Nikita che ha sparato a Dmitri.»

«Solo che quelli della Bratva pensano che sia stato io a sparare a Dmitri.»

«Anche così, per come hanno distorto la narrazione come fossimo Bonnie e Clyde, non ti lascerò indietro. E non contatteremo l'FBI.»

Declan si passa una mano tra i capelli. «Ok. Devo comunque informare la squadra con cui lavoro della tua situazione.»

«Perché?» Metto giù la forchetta, non ho più fame. «Ci fidiamo di te perché sei molto stimato da Nikita. Non conosco i tuoi uomini e non posso fidarmi ciecamente di loro.»

«Beh, dovrai farlo» dice Declan. Si alza dal tavolo della cucina, chiaramente frustrato dal fatto che non abbiamo accettato i suoi piani. Non so bene cosa intenda fare in merito alla situazione, ma è chiaro che non vuole che rimanga solo tra noi tre.

Savannah mi appoggia una mano sul braccio, cercando di rassicurarmi, o forse teme che io fermi Declan e lo uccida prima che possa parlare di noi alla sua squadra. Per quanto ne so, ha già parlato di noi con loro.

«Qual è il piano?» chiede Savannah. «Dopo che avrai parlato di noi alla tua squadra, intendo.»

«Lavoreremo per scoprire tutto il possibile su questo agente dell'FBI corrotto. Controlleremo le sue finanze e i suoi casi precedenti e attuali. C'è quasi sempre una traccia cartacea, se ci vengono date abbastanza risorse e tempo, possiamo trovarla. Purtroppo, non posso farlo da solo.»

«Anche dopo aver inchiodato Danvers, non c'è garanzia che i nostri nomi vengano ripuliti» dico.

«Dobbiamo provarci.» Savannah mi fissa.

«Non migliorerà le cose con la Bratva.»

Non si rende conto che, anche se sistemerà le cose con il suo precedente datore di lavoro, non potrà tornare come prima?

«Ha ragione» dice Declan. «Non possiamo impedire alla Bratva di mettere un bersaglio sulla testa di entrambi. Ma vivendo qui fuori, non vi troveranno. Ce ne assicureremo.»

Vorrei essere fiducioso come Declan riguardo ai Bratva. «Nikita sa dove ci troviamo e anche se ora è dalla nostra parte, quanto durerà?»

Non mi piace stare con le mani in mano quando possiamo essere presi da un momento all'altro.

«Non ti fidi del tuo amico?» chiede Declan. «Perché sei venuto qui sotto la sua autorità.»

«Declan ha ragione. Nikita non ci venderà. Se lo facesse, si scaverebbe la fossa da solo, avendo sparato e ucciso Dmitri.»

Esalo pesantemente. «Spero che abbiate ragione entrambi.»

Sono più propenso a prendere i nostri documenti e a lasciare la città alla prossima occasione. Ma dove andremo e quanto lontano potremmo andare? Abbiamo bisogno di aiuto. Io non ho accesso alle mie finanze e nemmeno Savannah.

«Resterete qui, temporaneamente. Installeremo apparecchiature di sorveglianza all'interno e intorno alla proprietà, insieme a un sistema di allarme. Posso assicurarvi che sarete entrambi al sicuro» dice Declan.

Le spalle di Savannah sembrano rilassarsi, fidandosi di lui.

Voglio fidarmi di Declan, ma sono già stata tradito in passato. Non credo che ci fregherebbe di proposito. Se avesse voluto farlo, avrebbe potuto già informare la polizia o il Bureau della nostra posizione.

Invece ci ha portato la cena e la spesa.

Quest'uomo sembra dalla parte giusta della legge e onesto, il che non mi fa ben sperare. Non che i federali abbiano un briciolo di informazioni su di me. Savannah giura di non aver dato loro nulla, il che significa che qualsiasi cosa abbiano, deve essere una bugia.

«E per quanto riguarda il lavoro? Avremo bisogno di soldi non potendo accedere ai nostri conti» chiedo.

Sospetto che Declan stia già pensando al futuro, ma voglio comunque assicurarmi che tutto sia pianificato e di conseguenza che si tenga conto di tutto. Non che io abbia piani spinti così in là.

«Se rimarrete a Breckenridge, sono certo che le capacità di Savannah saranno utili alla nostra squadra. Non posso fare promesse, ma credo che potremmo trovare qualche opportunità per lei.» Declan mi fissa.

«Quali competenze hai che possono aiutarti a guadagnarti da vivere onestamente?»

Cerco di non offendermi per la sua domanda. «Ho gestito un club a New York. Mi occupavo della contabilità del locale e delle buste paga.»

«Ci scommetto» borbotta Declan un po' troppo forte. «Posso chiedere in giro. Ammesso che restiate entrambi in città.»

«Possiamo parlarne?» chiedo, volendo discutere con Savannah un po' più a fondo.

Declan si dirige verso la porta d'ingresso. «Sì, fatemi sapere poi cosa decidete... entrambi.»

QUINDICI

SAVANNAH

Sei settimane dopo

Sono entrata naturalmente come fosse una routine, iniziata qualche settimana fa con Declan, alla sede centrale della Eagle Tactical. Il loro ufficio è nuovo, dipinto di fresco e più grande di quello precedente.

Almeno così dice Ariella, una delle altre ragazze che lavorano per la squadra. È amichevole e dolce ed è stata così gentile da non fare domande sul mio passato.

Sa che non deve chiedere o ha anche lei dei segreti?

«Savannah, nel mio ufficio» dice Declan e mi fa cenno di entrare nel suo ufficio per parlare.

Il proprietario della Eagle Tactical, Jaxson Monroe, è già lì, appollaiato sul bordo della scrivania. «Abbiamo delle novità» dice Jaxson.

Si è occupato delle indagini primarie sul caso Danvers, contribuendo a bucare l'ermetico caso dell'FBI contro Anton e me.

«Buone notizie?» chiedo, sperando che abbiano trovato qualcosa di incriminante contro quell'uomo. Entro nell'ufficio e mi chiudo la porta alle spalle.

«Sì e no» dice Jaxson. «Dei depositi massicci stanno andando in un conto offshore a suo nome, ma non sono di provenienza illecita come ci aspettavamo.»

«Da dove provengono?» chiedo.

«Stiamo ancora indagando, ma abbiamo altre novità sul fronte della Bratva» dice Jaxson e lancia uno sguardo a Declan perché approfondisca.

«Abbiamo pensato che fosse meglio monitorare tutte le comunicazioni tra i Bratva russi a New York» dice Declan.

«Abbiamo delle registrazioni audio tra Madisyn e Mikhail.»

Stringo le labbra. Conosco Madisyn. Lavoravamo insieme all'FBI.

«Madisyn sa della mia scomparsa e che la Bratva ha ordinato il mio omicidio?»

Inspiro nervosamente, non sono sicura di essere pronta a sentire la risposta.

«Sì, ne è al corrente e, da quello che posso dire, è dalla tua parte» dice Jaxson. «Si sta formando una spaccatura all'interno dell'organizzazione Bratva. Mikhail si sta scontrando con gli altri membri che mettono in dubbio le sue motivazioni e le sue decisioni.»

«Cosa stai suggerendo?» chiedo.

«Possiamo farti contattare da Madisyn. Potrebbe essere in grado di interferire con Mikhail e farlo ritirare. Ma così facendo, probabilmente dovrai dirle la verità: che Nikita ha sparato e ucciso Dmitri.»

Espiro pesantemente. «Vuoi che scambi una vita con un'altra. C'è già stato abbastanza spargimento di sangue.»

«Parlane con Anton.»

«Non ci sono opzioni migliori? Non puoi rapire Madisyn e portarla in un luogo neutrale così che noi due possiamo parlare?»

Dicendolo ad alta voce, mi rendo conto di quanto sembri una follia. I Bratva cercheranno Madisyn e uccideranno chiunque sia coinvolto.

«Non sarebbe un'opzione migliore» dice Declan.

Ha ragione.

«Cosa suggerisci?» chiedo, «oltre a gettare l'uomo che ci ha salvato la vita nella tana del leone per farlo sgozzare?»

Non ho intenzione di far uccidere Nikita per proteggerci. Per ora siamo riusciti a sopravvivere senza essere trovati. Saremmo pronti nel caso dovessimo prendere un aereo o un altro treno e lasciare la città. Abbiamo preparato una borsa, sempre nel caso in cui le cose si facciano difficili.

«Possiamo hackerare i ripetitori dei cellulari e farvi contattare da lei senza essere rintracciati. Ma se non le darete informazioni che dimostrino che siete entrambi fedeli alla Bratva, non smetteranno di darvi la caccia.»

«Fedele a uomini che hanno ordinato la morte di Anton?» Sono inorridita dalla loro proposta. «Non sono fedele a loro.»

Jaxson sorride. «Probabilmente, è meglio così. Onestamente, non li vedo come la tua più grande minaccia, a patto che tu stia lontano dalle grandi città e dal loro radar. Il che ci riporta all'agente Danvers» dice con un sospiro.

«C'è altro su di lui?» Non posso crederci, sei settimane e non sono riusciti a trovare altro.

«Il ragazzo ha molti riconoscimenti. Di certo ha fatto credere all'FBI di essere un uomo eccezionale» dice Jaxson.

«E l'agente Barrett Kingston?» chiedo.

«Lui? È risultato pulito. Non ci hai chiesto di indagare sul tuo capo» dice Declan. «Sta lavorando con Danvers?»

«No, tutt'altro. Quei due non vanno d'accordo, ma se Barrett non può fare molto...»

«Fidati, non può» dice Jaxson. «A Danvers è stata appena offerta una promozione. Non l'ha ancora accettata, ma abbiamo intercettato la lettera di offerta.»

«Non potete cancellarla o qualcosa del genere?»

Quell'uomo dovrebbe essere licenziato dal Bureau, non ricevere un aumento e maggiori responsabilità, che probabilmente equivarrebbe all'avere più agenti che lavorano sotto di lui.

«Non sarebbe molto professionale» dice Jaxson con un sorrisetto. «Vorrei poterlo fare, ma anche se sparisse, sono sicuro che verrebbe chiamato dall'ufficio e informato della promozione.»

Brontolo sottovoce. «Non possiamo fare altro che lasciargli prendere il controllo dell'FBI.»

La stanza è calda e io mi sto scaldando. Piego le braccia sul petto. «Non mi piacciono le nostre opzioni» dico, «sembrano essere poche o nulle.»

«C'è un'altra via, ma odio doverla tirare fuori» dice Jaxson.

Potrebbe essere mai peggiore della mia proposta o di quella di prima, in cui consegniamo Nikita a Mikhail per la nostra sicurezza? Non potrei mai accettare quella, e nemmeno Anton.

«Beh, sputa il rospo» ribatto, fissando Jaxson. Sto diventando più impaziente da quando sto insieme ad Anton, il mio carattere è molto più iracondo di un tempo.

«Ti consegni all'FBI.»

«In tal caso, sarebbe la mia parola contro quella di Danvers, e l'FBI si sta già chiedendo se sono una complice. Inoltre, questo incriminerebbe Nikita per l'omicidio di Dmitri.»

«Ha sparato a Dmitri. Qualcuno deve essere ritenuto responsabile del crimine.»

«Ci ha salvato la vita» dico. «Saremmo morti se Nikita non avesse premuto il grilletto. Non deve scontare nemmeno un giorno di prigione per averci protetto.» Più sto vicino ad Anton, più sembro e divento come lui.

«Allora fai mettere Mikhail dietro le sbarre per aver ordinato il colpo» dice Declan.

«Non lo farò» dico, con un pesante sospiro. «Anton non lo farebbe mai e, a dire il vero, capisco il suo punto di vista. Sono un agente dell'FBI, o almeno lo ero, e sono riuscita a entrare nella cerchia ristretta di Mikhail. Ho lavorato nel suo club. Sono andata a letto con uno dei suoi uomini. Questa è opera mia. Anton non mi perdonerebbe mai se facessi fuori Mikhail, anche dopo la merda che abbiamo passato.»

«È un uomo migliore di me» dice Jaxson.

«Lasciamo i Bratva fuori da questa faccenda, a meno che non riesca a comunicare in modo sicuro con Madisyn e non si tratti di rovinare la vita di Nikita e di mettere di nuovo a repentaglio le nostre.»

Jaxson e Declan si scambiano un'occhiata. «Vedremo cosa possiamo fare.»

C'è un silenzio pesante tra loro e non sono sicura di cosa non venga detto. «Dobbiamo concentrarci su Danvers.»

«E lo stiamo facendo» mi assicura Declan. «Ma ci vuole tempo.»

«Sono passate sei settimane da quando siamo arrivati qui. Non è abbastanza?» Pensavo che questi ragazzi fossero i migliori al mondo nel loro lavoro.

«Te l'ho detto, la pista dei soldi è... complicata» dice Jaxson.

«Che diavolo significa? Hai detto che non si trattava di fondi illegali, ma che sta ricevendo dei compensi pesanti.»

«Il denaro arriva da qualcuno più in alto nel governo.»

La sua scoperta mi fa cadere lo stomaco. «Come... il direttore?»

«Più in alto.» L'espressione di Jaxson è cupa. «È una questione politica.»

«Anche così, soldi a parte, Danvers è quello che si concentra a piazzare prove e a distruggere la vita di un uomo innocente.»

«Non lo definirei tanto innocente» dice Declan, lanciandomi un'occhiata tagliente. «Anton è un Bratva.»

«Era un Bratva» chiarisco. «E se riesci a farmi avere una telefonata con Madisyn, non rintracciabile, vorrei parlarle.»

Anche se Declan e Jaxson non credono che basterebbe a toglierci di torno la Bratva, io e Madisyn eravamo amiche. Forse posso usare questo per convincerla che non siamo noi il nemico che loro credono.

«Faremo in modo che accada.»

————

Ventiquattro ore dopo, Jaxson mi informa che è arrivato il momento. Mi fornisce il numero di cellulare di Madisyn, ha seguito i suoi spostamenti per assicurarsi che non sia vicina a Mikhail quando chiamo.

Il telefono squilla e aspetto, trattenendo il fiato, che risponda. Non riconoscerà il numero.

«Pronto? Chi parla?» chiede Madisyn.

Sono sollevata dal fatto che abbia risposto al telefono. «Ciao, Madisyn. Sono Savannah.» Esalo un respiro pesante.

«Dove sei?»

«Non posso dirtelo» dico.

Il vento soffia e gli alberi frusciano in sottofondo. Immagino che sia in un parco, probabilmente con sua figlia Kira, a guardarla giocare.

«Siete su tutti i giornali. L'FBI sta cercando te e Anton.»

Dovrei vivere tra gli Amish per non sapere che i nostri volti e le nostre informazioni vengono trasmessi a livello nazionale.

«Lo so» dico. «Non sono gli unici a darci la caccia.»

«Beh, non avresti dovuto andare sotto copertura, Savannah. Sapevi che il lavoro comporta un rischio, quello di essere scoperti. I Bratva sono uomini pericolosi.»

«Mikhail ha ordinato di colpire me e Anton.»

Madisyn temporeggia un attimo. C'è silenzio all'altro capo del filo, ma non un'immobilità totale che mi faccia pensare che la linea sia stata interrotta. Sbuffa. «Sono solo affari. Tu hai tradito la Bratva e Anton ha tradito i suoi uomini quando ti ha coperto.»

«Lo ha saputo solo per un paio d'ore. Non incolparlo per quello che ho fatto. È colpa mia.»

«Dove sei?» insiste Madisyn.

Non le dico dove mi trovo. Sono dentro, seduta di fronte a Jaxson. Può sentire ogni parola della mia conversazione. Ma è il posto più sicuro per garantire che non possa sentire alcun rumore all'esterno che possa darle un indizio di dove siamo.

«Sono al sicuro» dico. È l'unica cosa che capisce.

«Devi sapere che l'agente Danvers sta incastrando Anton. Qualsiasi prova abbiano, non è reale. Anton non ha tradito la Bratva.»

«Col cavolo! È entrato nell'edificio dell'FBI e si è costituito. Sono sicura che non stesse confessando i suoi crimini. Stava chiedendo un accordo e gettando Mikhail tra le fiamme.»

«Non è quello che è successo.»

Come può pensare che Anton abbia fatto una cosa del genere?

«Hai la mia parola, Madisyn: ero lì. Era venuto solo per avvertirmi che la Bratva mi stava cercando.»

«Devo andare» dice Madisyn e si schiarisce la gola. «Nikita sta venendo da questa parte» mi avverte.

Mi mordo il labbro inferiore, evitando di incriminare Nikita per l'omicidio di Dmitri.

«Tutto quello che è successo è stato solo per proteggermi. Io lo amo, Madisyn. Dovresti sapere cosa significa. Perdere tutti e tutto per amore.»

«Mi dispiace, non posso... devo andare.»

La linea cade.

Jaxson mi guarda quando ho finito. «Mi dispiace che non sia andata secondo i piani.»

«È andata benissimo» dico. Non mi aspettavo che Madisyn mi accogliesse a braccia aperte. Volevo solo che mi ascoltasse, che capisse che Anton non è il mostro che Mikhail lo ha fatto sembrare. Forse può esercitare il suo fascino e aiutarmi a sistemare le cose. Non che Anton sia pronto a tornare alla vita da Bratva, ma almeno ci sarebbe un'organizzazione in meno che vuole ucciderci.

———

Dopo una lunga giornata di lavoro, torno a casa. Abbiamo lasciato la camera da letto di Declan per trasferirci in una piccola baita in affitto. È pittoresca, di recente costruzione, ma perfetta per noi due.

È anche dall'altra parte del fiume, accanto a Jaxson Monroe. Ha un sistema di sorveglianza e di allarme di prim'ordine; se succedesse qualcosa, lui sarebbe uno dei primi a saperlo.

Ma è stato tutto tranquillo, silenzioso e quasi troppo perfetto. C'è un fiume non troppo lontano dalla proprietà e una foresta che circonda le vicinanze.

Non avrei mai pensato che mi sarebbe piaciuta la lontananza, ma il pensiero della città frenetica mi fa venire il voltastomaco. Questa è diventata davvero "casa" per me.

«Com'è andata la giornata?» mi chiede Anton, mentre mi tolgo le scarpe e lascio la borsa e le chiavi davanti alla porta d'ingresso. Chiudo la casa a chiave, assicurandomi che nessuno sia invitato a entrare. È più per abitudine che per altro.

Non c'è stato alcun segno di ficcanaso da parte dell'FBI o della Bratva, o che sembrino al corrente dei nostri spostamenti. Tuttavia, parlare con Madisyn oggi mi ha fatta sentire inquieta. Un chiaro segno di ansia.

«Bene. Oggi ho parlato con Madisyn.» Vado in cucina per aiutare a preparare la cena.

Anton è al bancone a tagliare le verdure su un tagliere di legno. Fa una pausa al solo nominare

Madisyn.

«Come Madisyn di Mikhail?»

Alza lo sguardo, per nulla divertito dalla mia confessione.

«Volevo che sentisse la nostra versione dei fatti, escluso di Nikita che ha ucciso Dmitri.»

Anton sbuffa sottovoce. «Scommetto che è andata bene.»

«Meglio di quanto pensassi. Non ha riattaccato» dico. «E forse rigirerà la palla per quanto riguarda Mikhail, che si è lasciato alle spalle quello che è successo.»

«Non l'ha già fatto?» chiede Anton.

«Il fatto che Mikhail non ci rintracci non significa che si sia dimenticato di noi. Le sue risorse sono più limitate di quanto persino lui voglia ammettere.»

Torna a sminuzzare le verdure con più forza e velocità. Lo guardo, senza volerlo interrompere, temendo che si tagli un dito. Aspetto che prenda un'altra carota prima di parlare.

«A parte questo, volevo che Madisyn e Mikhail sapessero che l'agente Danvers è compromesso e sporco.»

«Perché?» chiede Anton. «Che differenza fa?»

«Non credi che la Bratva si vendicherà quando scoprirà che un agente dell'FBI sta intenzionalmente piazzando delle prove? Hanno distrutto la tua reputazione. Chi ci dice che non faranno lo stesso con Mikhail? Si sono già infiltrati nella sua organizzazione due volte. Non sarà un'altra agente donna a farlo di nuovo.»

Fa una pausa prima di continuare a tagliare la carota. «Ho capito.»

La nostra vita è diventata abbastanza domestica, vivendo insieme. «Comunque, spero che con Mikhail concentrato sull'agente Danvers, le sue risorse si assottiglieranno e noi ne resteremo indenni.»

«Mikhail non ci troverà qui fuori» dice Anton. «Sappiamo entrambi di essere al sicuro.»

Spero abbia ragione, ma non posso fare a meno di preoccuparmi.

«L'FBI è ancora là fuori a cercarci.»

«Sì, ma sono settimane che le nostre foto sono sui giornali e tu, gattina, non assomigli affatto alla tua foto.»

È un sollievo la facilità con cui siamo riusciti a mascherare le nostre apparenze e ad assumere nuove identità con l'aiuto della Eagle Tactical.

Anton ora è Jason Wilde e io sono Mia Hawkins.

EPILOGO PARTE 1

ANTON

Due settimane dopo

Non avrei mai immaginato di trasferirmi nel Montana, tanto meno in una baita nel bosco. Per quasi tutta la vita ho fatto parte della Bratva, fedele a loro come fossero sangue del mio sangue.

Ma le cose sono cambiate.

Lei mi ha cambiato. Non che lo ammetterei mai davanti a lei.

Io amo Savannah. La amerò sempre. Scappare con lei, gettarmi nel fuoco ardente per proteggerla, mi ha insegnato che lei è la mia unica possibilità di essere felice.

La vera felicità.

Ma non chiedetemi di essere sentimentale. Non è nella mia natura.

«Vieni?» mi chiama Savannah. Sta aspettando fuori e fa capolino nella cabina.

Siamo entrambi d'accordo che lasciare la piccola città potrebbe metterci in pericolo. E non è questa la vita che vogliamo, doverci guardare costantemente alle spalle, sempre in fuga.

Mi piacerebbe portarla a Parigi o a Firenze. Un posto esotico e romantico. Ma salire su un aereo comporta troppi rischi, anche con le nostre nuove identità.

Non lo farò. Non perché ho paura di essere scoperto, ma perché temo su cosa accadrebbe a Savannah se venissimo individuati dal radar di Mikhail.

Per quanto ne so, è rimasto in silenzio.

Ha smesso di cercarci? Non ne sono sicuro. Non si sa se la Bratva ha lasciato New York e Savannah mi tiene al corrente di ogni novità. Sono grato che i ragazzi della Eagle Tactical le abbiano dato un lavoro e ci stiano aiutando a mantenere un basso profilo.

Esco, mi chiudo la porta alle spalle e seguo Savannah lungo il sentiero sterrato fino al cortile, dove ha steso una coperta sotto una radura di alberi.

Avremmo potuto spostare le sedie Adirondack davanti alla baita in giardino. Stasera c'è la pioggia di meteoriti delle Perseidi e, anche se non posso portarla dall'altra parte dell'oceano per mostrarle il mondo, almeno posso accoccolarmi tra le sue braccia e guardare le stelle insieme a lei.

Savannah ha steso una spessa coperta che copre l'erba. Si è tolta le scarpe, posizionandole una per ogni estremità della coperta. Mi tolgo le scarpe e faccio lo stesso, evitando che le quattro estremità si muovano.

Mi siedo sulla coperta e lei si arrampica tra le mie gambe, con la schiena contro il mio petto. Alla fine, dovremo sdraiarci. Il mio collo non può sopportare di rimanere in piedi per ore in questa posizione. Ma in questo momento è tutto perfetto.

Lei è perfetta.

«Guarda!»

Indica il cielo notturno mentre una meteora sfavilla nel cielo. La sua eccitazione mi ricorda quella di un bambino pieno di meraviglia la mattina di Natale.

Avendo sempre vissuto in città, non c'era molto da osservare in cielo di notte: troppo inquinamento luminoso. Non riesco a ricordare l'ultima volta che mi sono sdraiato fuori a guardare una pioggia di meteoriti.

Non abbiamo ancora visto l'Aurora Boreale, ma sono sicuro che sarà un'altra avventura da vivere da casa. Mi piace esplorare la nostra città e la nostra piccola casa.

In inverno, ci sono montagne dove sciare e fare snowboard, cosa che non ho mai fatto, ma che non vedo l'ora di provare e ci sono molti sentieri nei boschi da scoprire nei fine settimana.

«Ho una notizia entusiasmante per noi» sussurro, pettinandole i capelli da un lato mentre le mie labbra sfiorano la sua pelle nuda.

«Anch'io.»

«Vai tu per prima» dico.

Lei scuote la testa. «Hai iniziato tu. Tocca a te.»

«Va bene.»

Ridacchio e la stringo di più a me. «Stamattina al telegiornale hanno detto che c'è stata un'esplosione a New York, vicino al palazzo federale.»

Inspira bruscamente. «Si è fatto male qualcuno?»

«Alcune persone.»

«E come fa a essere una buona notizia?» Il sorriso è scomparso dal suo viso, mentre si gira verso di me.

«L'agente Danvers è uno dei deceduti. È morto per le ferite riportate in ospedale circa un'ora fa.»

Si stringe le labbra.

«Io e te abbiamo un'idea diversa delle buone notizie.»

Ha le sopracciglia serrate ed è preoccupata per la mia rivelazione. Pensavo che sarebbe stata più felice, sollevata dal fatto che lui non possa più disturbarci o farle del male. «Hanno un sospetto in custodia?»

La sua mente si starà arrovellando, chiedendosi se dietro l'attacco ci sia la Bratva o, più precisamente, Mikhail. «Sì, una persona di bassa lega è stata mandata in prigione e poi è uscita perché la sua condanna è stata annullata. Si è scoperto che l'agente Danvers aveva piazzato delle prove per arrestarlo. Si sta indagando su tutti i casi di Danvers.»

«È un peccato che sia morto e non debba affrontarne le conseguenze» dice Savannah. «Mi sarebbe piaciuto vedere la sua espressione una volta arrestato.»

«A te come anche a me» dico. «Speriamo che alla fine questo aiuti a ripulire i nostri nomi. Ma onestamente, non voglio più tornare a New York. Mi piace abbastanza stare qui.»

«Abbastanza?»

Sorride e mi tira a sé, facendomi sdraiare sulla coperta. Guardiamo il cielo notturno, osservando le meteore che bruciano nell'oscurità. È bellissimo.

«Hai buone notizie da condividere?» chiedo, cambiando argomento.

«Stai per diventare padre.»

EPILOGO PARTE 2

Mikhail

Il tradimento scorre nelle vene della mia famiglia.

Dmitri è morto.

Gli ha sparato uno dei miei e, sebbene ci sia voluto del tempo per venire a patti con le sue azioni, non è stata del tutto colpa sua.

Siamo tutti, in parte, da biasimare. Posso ringraziare Madisyn per avermi ricordato di esser stato io a ordinare l'omicidio di Anton e Savannah. Se non avessi agito in modo così impulsivo e, per usare le sue parole, sfacciato, forse Dmitri sarebbe ancora vivo.

La rabbia ribolle sotto la superficie, come un vulcano sul punto di eruttare da un momento all'altro.

Alzo lo sguardo verso la televisione, le scritte in sovrimpressione strisciano in basso sullo schermo, indicando gli eventi recenti.

Non abbiamo nulla a che fare direttamente con l'edificio dell'FBI preso di mira e colpito, ma non posso dire che la notizia mi rattristi. Un sorriso mi sfiora il viso.

«Ivan, porta qui Madisyn» dico. Nell'angolo del mio ufficio c'è uno schermo televisivo montato alla parete. È nuovo.

Voglio essere informato di tutti gli eventi recenti dopo quello che è successo con Anton. Vedere il suo volto e quello di quell'agente dell'FBI compiaciuta, Savannah, spiattellati su tutti i telegiornali nazionali mi ha dato speranza.

Non devo dare loro la caccia. L'FBI ha le risorse per farlo e se ne occuperà per me.

E quando ciò accadrà, dovrò essere la prima persona a sapere che Anton è stato catturato. Perché, senza dubbio, cercherà di convincere i federali a fare un accordo per salvarsi il culo. Non è quello che stava facendo fin dall'inizio, presentarsi all'FBI e costituirsi?

Madisyn mi ha assicurato che non fosse così, che aveva informazioni relative a quel giorno. Ma non mi ha voluto rivelare la sua fonte.

Savannah o Anton avevano contattato Madisyn?

Ho promosso Ivan dopo la morte di Dmitri, dandogli più responsabilità all'interno del complesso invece di presidiare il cancello a tutte le ore della notte. È più felice e il giovane si impegna al massimo, cosa che mi fa immensamente piacere.

«Sì, signore.» Si affretta a percorrere il corridoio, probabilmente verso la sala giochi dove Madisyn sta intrattenendo Kira. È presto e tra qualche ora usciranno, faranno qualche commissione in qualche posto come il parco o quel corso "Mamma e io" a cui porta la piccola Kira.

Madisyn è una madre eccezionale, dedita alla sicurezza di nostra figlia.

«Hai fatto un fischio?» scherza Madisyn. Ha Kira in braccio e mia figlia si dimena dalla presa della madre, volendo correre verso di me.

Kira è incredibilmente timida, non assomiglia né a Madisyn né a me in questo senso, cosa che trovo singolare, ma non ha ancora due anni.

«Dai un'occhiata» dico e faccio un gesto verso lo schermo della televisione. I notiziari sono ancora concentrati sull'esplosione avvenuta un paio d'ore fa. Ci sono state una manciata di vittime, cinque decedute, venti feriti e un numero imprecisato di persone ancora sepolte dalle macerie.

«Ti prego, dimmi che non c'entri niente» dice Madisyn. La sua espressione è cupa.

«Posso assicurarti che far saltare in aria l'ufficio dell'FBI di New York non era nel mio calendario questa settimana.»

«Oh, ma c'era nella prossima?»

«È uno scherzo» dico, cercando di alleviare la tensione che potrebbe essersi creata nella stanza. Anche se non sono personalmente responsabile di quello che è successo, non sono del tutto innocente.

Quando mai sono innocente?

Per quanto riguarda la polizia o i federali che indagano sulla vicenda, io ho le mani pulite.

Quando Madisyn mi ha avvisato di ciò che aveva fatto l'agente Danvers, piazzando prove per cercare di ottenere una condanna per Anton, ho capito che dovevo scavare più a fondo.

Se quell'agente corrotto dava la caccia a uno dei miei uomini, sicuramente aveva fatto lo stesso con altri che erano già dietro le sbarre.

Con un po' di lavoro investigativo da parte di un amico, ho scelto di assumere un avvocato per rappresentare quattro uomini. Ognuno di loro era stato condannato in casi in cui le uniche prove portate in tribunale erano state raccolte dall'agente Danvers.

Quattro uomini.

Tutti imprigionati ingiustamente.

Uno di loro era destinato a vendicarsi quando è stato rilasciato.

Non posso dire di esserne sorpreso. Ma non c'è nulla di cui Madisyn debba essere a conoscenza, o chiunque altro non fosse già al corrente di informazioni privilegiate.

«Ho pensato che dovessi saperlo da me. Hai ancora degli amici lì?»

Sebbene non abbia più avuto contatti con nessuno dell'ufficio da quando se n'è andata, sospetto che ci siano colleghi che le sono ancora simpatici e che non vorrebbe vedere feriti.

Si stringe le labbra prima di stringere il labbro inferiore tra i denti. «Amici è una parola grossa. Conoscenti, sì.»

L'FBI l'ha bruciata quando se n'è andata, distruggendo la sua carriera per quello che era successo tra noi. Non c'è da stupirsi che sia arrabbiata, ma nasconde la sua amarezza meglio di quanto io abbia mai potuto fare.

È più calma, più controllata e raccolta.

Darei fuoco a questo posto, se questo potesse risolvere i miei problemi.

«Non lo augurerei a nessuno» dice Madisyn, indicando lo schermo del televisore. «Nemmeno al mio peggior nemico.»

«Chi sarebbe?» Sono curioso di sapere chi considererebbe un nemico. È arrabbiata con Savannah per quello che ha fatto, tradendo tutti noi?

«Nessuno al momento. Hai abbastanza nemici per entrambi.»

Sbuffo alla sua osservazione. Non si sbaglia affatto.

Madisyn ha un sussulto mentre fissa lo schermo. Ci sono brevi filmati di vittime trasportate in barella.

«Chi è?» chiedo.

«È l'agente Danvers. È quel parassita sanguisuga che lavora per l'FBI.»

Riconosco il nome.

L'uomo è piuttosto insanguinato, con un taglio sulla fronte, mentre due paramedici lo trasportano su una barella verso un'ambulanza in attesa. Non sembra cosciente, ma è difficile dirlo dai pochi secondi di filmato che ci vengono mostrati.

«Ha la reputazione di essere corrotto» dice Madisyn. «Si dice che abbia falsificato le prove in diversi casi per ottenere condanne.»

Faccio un lungo respiro. «Ricordo che ne avevi già parlato una volta.»

«Non credo che Anton sia colpevole» dice Madisyn.

«Non credi che abbia ucciso Dmitri.»

Si stringe il labbro inferiore tra i denti. Silenzio.

La nostra famiglia è diventata più unita, più forte e più solida, senza un anello debole come Anton che ci indebolisca.

La vita da Bratva non è per tutti.

Mi ha convinto che inseguire Anton e Savannah sia uno spreco di risorse. Non è l'aspetto finanziario che mi preoccupa, ma la manodopera che ci rende vulnerabili al cartello. Se faccio correre i miei uomini in tutto il Paese ogni volta che sospettiamo che Anton o Savannah possano essere da qualche parte, ci sono meno uomini per proteggere la mia famiglia.

Con l'FBI che dà loro la caccia, è improbabile che si siano stabiliti in un solo posto.

E la mia famiglia è la mia priorità numero uno.

Che comprende la piccola Madisyn e mia figlia Kira.

———

Grazie per aver letto Boss Ossessivo! Spero che la storia di Anton e Savannah ti sia piaciuta. La serie continua con Boss Pericoloso, con la storia di Dmitri e Sadie, in uscita quest'anno.

Assicurati di seguirmi sui social media e di iscriverti alla mia newsletter per ricevere notizie sulle nuove uscite.

OMAGGI, LIBRI GRATIS E ALTRE CHICCHE

Spero che vi sia piaciuto Boss Ossessivo e che abbiate amato la storia di Anton e Savannah.

Iscriviti alla newsletter di Willow Fox

Se ti è piaciuto Boss Ossessivo, per favore prenditi un minuto per lasciare una recensione. Le recensioni aiutano altri lettori a scoprire i miei libri.

Non sei sicura di cosa scrivere? Va bene. Non deve essere lungo. Puoi condividere come hai scoperto il mio libro; ti è stato consigliato da un amico o da un club del libro? Fai sapere ai lettori chi è il tuo personaggio preferito o cosa vorresti che succedesse. Di solito leggi HEA, libri a lieto fine? (Spero siate soddisfatti ma prometto che darò un lieto fine alla fine della saga!)

Grazie per aver letto! Spero che considererai iscriverti alla mia mailing list per libri gratis, promozioni, concorsi e novità sulle prossime uscite.

L'AUTORE

Willow Fox ama la scrittura da quando ancora andava al liceo (molte ere fa). I suoi romanzi ambientati in provincia, riflettono la vita delle piccole città dell'America rurale.

Che stia scrivendo romanzi romantici o seduta all'aperto accanto al fuoco a leggere un buon libro, Willow adora le pagine colme di parole di scritte.

Sogna il colpo di fulmine e spera di riuscire a farlo scattare nei suoi lettori!

Visita il suo sito web:

https://authorwillowfox.com

ALTRO DA WILLOW FOX

Eagle Tactical Series

Svelato: Jaxson

Invisibile: Mason

Nascosto: Lincoln

Infiltrato: Jayden

Matrimoni Di Mafia

Voto Segreto

Voto Prigioniero

Voto Selvaggio

Voto Non Voluto

Voto Spietato

Fratelli Bratva

Boss Brutale

Boss Diabolico

Boss Possessivo

Boss Ossessivo

www.ingramcontent.com/pod-product-compliance
Lightning Source LLC
Chambersburg PA
CBHW021035030726
47496CB00006B/1548